辺境の聖域に転生した
【神眼】使い、
二度目の人生は
もふもふの森で暮らします
神様から授かったのは最強すぎる鑑定眼でした
昼行燈
ill. キャナリーヌ
JN125509

Characters
のんびり生きてみるのも、楽しそうだよね
ヒロ
神様の手違いで辺境の聖域に転生。なんでもコピーできる【神眼】で、もふもふ精霊のウィンドとともに異世界ライフを満喫中。
ヒロらしいわね、付き合うわよ
私も同行させて。報酬はいらない
テレサ
ひょんなことからヒロたちと一緒に過ごすようになったエルフの少女。マイペースでクールだが、ヒロのやることには興味津々。
アリア
森でドラゴンに襲われているところをヒロに助けられた獣人の少女。実は優秀な魔法使いで、面倒見も良くヒロのことを可愛がっている。

魔王討伐のために
現代日本から
召喚された
高校生
キョウイチ
【剣聖】のスキルを持つ男子高校生。憧れのファンタジーの世界を満喫中。
ハルカ
【聖女】のスキルを持つ女子高生。活発な性格だが、慎重派な一面も。
エミ
【賢者】のスキルを持つ、冷静沈着な女子高生。

小動物たちと一緒に力を合わせて組み立て、
簡易的な家ができた。
僕たちは一緒に作った家へ入り、共に温まる。

辺境の聖域に転生した

【神眼】使い、二度目の人生はもふもふの森で暮らします

神様から授かったのは最強すぎる鑑定眼でした

昼行燈　ill. キャナリーヌ

目次

一章　聖域に降り立った子ども

秋元《あきもと》ヒロこと僕は、頼まれごとを断れない性格だった。

「はぁ……」

満員電車に揺られながら、ため息を漏らす。仕事が終わり、今日は久々に終電ではなく、夕方過ぎに帰ることができそうだ。

今働いている会社も、知人から頼まれて就職した場所だ。運の悪いことに、上司がとても怖い人で説教ばかりしてくる。知人からは『お前が悪いんじゃないか？』と言われる始末だ。

頼れるはずの父親は借金を作り蒸発、母親は他界。親戚のもとを転々としながら、勉学に励んで奨学金で大学を卒業した。

『卒業だー！』

僕が喜んだのもつかの間、仕事ではサービス残業・徹夜の日々が待っていた。稼いだお金も奨学金を返済したり、生活費で貯金もあまり貯まらない。

電車のアナウンスが流れる。

「〜駅、〜駅……」

あっ……降りなきゃ。今日はネットでアニメが見たいんだ。降り損ねたら大変だ。

「す、すみません！　降ります！」

雑踏をかき分け、無理やり降りようとする。

あっ、閉まっちゃう。早く降りないと！

僕が足を力強く踏み込むと、勢いよく車外に放り出された。

「えっ？」

駅のホームと顔が近づく。あれ、ぶつかる……。

これが秋元ヒロ、僕の最後だった。

＊

「あれ？」

森林の奥深くに僕はいた。

何が起こったのか分からず、先ほどまでいた場所とうって変わって木々が並んでいる。しかも、木枝は薄白く、どこか神聖さを感じた。

すぐ傍に水溜まりがあり、そこへ顔を覗《のぞ》かせた。

「若返ってる……しかも、子ども。別人みたい」

髪の毛の色は白くなっていて、顔立ちも全然違う。

どうやら、先ほど神様が言っていたことは嘘《うそ》ではないらしい。

現代で亡くなってから、僕は神様と話をした。それは転生の間と言って、僕が異世界へ行くまでの空間だったらしい。

そこで、色んなことを神様から教えてもらった。
・地球で生きていた僕のステータスを間違って設定していたこと。
・そのせいで寿命よりも早く亡くなってしまったこと。
神様……凄く謝ってくれたけど、神様に頭を下げられるのって精神的に怖かった。『謙虚じゃな』と言ってくれたけど、怖がりなだけなんです……。

自己アピールが有利な現代社会なら、そういう場面で『お詫びだろ、お詫び！』とか言えればいいんだろうけどなぁ……。

それから手違いの謝罪として、望むものはないかと言われた。

僕はそこで、これを手に入れた。


「【神眼】」

僕は近くの木に向かってスキルを使う。

・精霊木
神聖な木材
この木材は腐ることなく材質は頑丈であり、聖なる力が宿っている。

なるほどー……などと、呑気《のんき》に納得する。

家を作るのに使えそうだけど、神聖な木を切ったら怒られるかな……。

僕が望んだものは、人並みのことができる能力だった。

その理由を神様に聞かれて、会社での出来事を思い出す。

『人並みのこともできねえのか！　ヒロ！』

『こんなの誰でもできる仕事だぞ！』

『お前が残業しているのは、自分のせいじゃないのか？』

人並みのことができないと、仕事先でこと酷《ひど》く叱られてきたからだった。そのせいで、昔は考えたこともなかった自分の価値が歪《ゆが》んでしまった。

僕は人並みのこともできない落ちこぼれなんだ、と。

人並みのことができる能力が欲しいと言った。そしたら物体を鑑定し、スキルや動きをコピーできる【神眼】をくれた。

「アハハ……神様がすぐにくれたのはいいけど……」

それだけでも、十分に凄いスキルだったんだけどなぁ……。

僕は【神眼】《この眼》で見てしまったのだ――――神様を。

「ステータスって言えばいいいんだっけ……」

すると、ステータスが表示された。

名前：秋元ヒロ
レベル：1　種族：半神
体力　10／10　知能　10／10　魔力　1／1
素早さ　1／1　幸運　1／1　器用さ　1／1
【スキル】
・神眼　・神の絶対防御・健康　・異世界召喚

ステータスの数値も気になるが、一番注目してしまったのがスキルだった。

「絶対にこれは想定してなかったやつだよね……」

そう、僕は神様の能力を一部コピーしてしまった。

元々は使う場面を見ていないとスキルをコピーすることができないのだが、常時発動型である【神の絶対防御・健康】はコピーができた。

その結果、種族：半神である。

ステータスが正しければ、僕は人間を卒業してる……。

【異世界召喚】というスキルに関しても、目の前で神様が『準備終わったし、あとは転生待ってれ～』と言って、異空間から少年漫画を取り出して読み始めたのだ。

そのせいで取得してしまった。

ぼ、僕は悪くないからね神様……知らないからね……！

でも消せって言われたら、素直に消します……。

今度は動物の鳴き声が聞こえてくる。

「チュー……」

「うん？」

人付き合いで疲れた僕は人が誰も住んでいなくて、安全な場所を神様に望んだ。

「キュ、キュキュ！」

徐々に僕の周りに動物が集まる。

ただ、どの動物も地球上の生物ではない。

異世界の、とても可愛らしい動物たちだ。

「えっと……君たちは」

この辺に住んでいる動物たちなんだろうけど……何で僕の周りに集まってくるんだろう。

一匹のウサギが顔を上げた。

「神様の使い様……ですか？」

しゃ、喋った⁉　ウサギが！　ちょっと普通のと違って角とか生えてるけど……。

か、可愛い……！

小さい頃に一度は夢見たことがある。

動物ともしも会話ができたら……と、それを体現しているようなものだった。

僕は息を呑みながら答える。

「か、神様の使いじゃないけど……ここに飛ばされたみたい」

「スンスン……半神様の、匂いがします」

モフモフとした毛並みがさらに集まってくる。

そうして、僕を中心にして集まった小動物たちが頭を下げた。

「どうか我々精霊動物の、神様になってください」

「え……？」

それが、僕がこの森の主となった瞬間だった。

＊

僕が降り立った地は、神樹《しんじゅ》といって、どうやら神様が作ったものらしい。

そこに住む動物たちは皆、神様の眷属《けんぞく》なのだとか。僕がやってきたことで、使者のような扱いをしてもらっている。

白いウサギがテトテトと、短い足で木材を運んでくる。

「スンスン……ヒロ様。木材を持って参りました」

「ありがとう、ここに置いといて」

「はい」

自分たちの神様になってほしいと言われた時は驚いたが、僕も精霊動物と共に過ごせるのは楽しかった。

寝る時は小さなモフモフに囲まれて、モフモフで起き上がる。

ただ……寝床が絶望的に終わっていた。

彼らが寝床として使っていたのは、精霊樹木の大木、その根っこだ。根の部分がいい感じに穴になっていて、そこで寝泊まりしている。

だけど、雨が降れば水漏れするし、土は湿ってベチョベチョだ。

動物たちのためにも、これはよくない！　と思って行動を始めた。

それが家作りだ。

近くにある木でも、全部が精霊の木ではないらしく、普通の木を集めて、大木を土台に作る計画だ。

「よいしょー！」

「「「わー！」」」

小動物たちと一緒に力を合わせて組み立てていく。

そうして、簡易的な家ができた。

少し不恰好だし、隙間風もあるけれど、屋根は木枝を使って雨漏りを防ぐ。床は土で寝るよりはマシなはずだ。

「完成だ！　みんなお疲れ様！」

「「「ばんざーい！」」」

僕とウサギたちは小さな腕を上げる。

すると、よく話しかけてくる一匹のウサギが、僕の頭へよじ登っていく。

この子には珍しく名前がある。

「ウィンド、どうしたの？」

「眠いのです……疲れてしまって……ふにゃ」

少し疲れたようで、僕の頭で丸くなり目を瞑《つむ》って眠ってしまう。

それに苦笑いを浮かべていると、他のウサギたちも僕に群がってくる。

「ヒロ様の側にいると、安心して眠れます。ウィンドだけズルいです」

「そ、そうなんだ……何か嬉しいな。うおっ、僕の裾引っ張らないで」

「ヒロ様抱っこ〜」

「分かったよ……ハハハ」

心が癒やされる。

僕たちは一緒に作った家へ入り、共に温まる。

食事の心配もあったけれど、この森にある果物を持ってきてくれて、それで飢えを凌《しの》ぐことはできた。

そもそも、【絶対健康】というスキルのお陰で病にかかることはないし、空腹に苦しむこともない。

でも、僕と一緒に寝てくれて、僕を好いてくれているウサギたちは違う。

うーん……この木材の香りがとてもいい。今までは土だったから、気分が落ち着かないこともあった。

たった数日とはいえ、こうも快適になるなんて……僕一人じゃ、難しかったかもしれない。

僕が寝転ぶと、周りにウサギたちが集まって温めてくれる。床に寝転ぶと少し痛いけど、今は十分だ。

「ステータス」

ステータスを開く。すると、僕の胸元でウサギのウィンドが顔を覗かせた。

「何をしているのですか？　ヒロ様」

「ちょっと確認したいことがあるんだ」

そう言って、ステータスを確認する。

名前：秋元ヒロ
レベル：3　種族：半神
体力　13／13　知能　13／13　魔力　2／2
素早さ　1／1　幸運　1／1　器用さ1／1
【スキル】
・神眼　・神の絶対防御・健康　・異世界召喚

数日ほど経って、体を動かしたり、一緒に生活したりしていた影響だろうか。気付いたらレ

ベルが上昇していた。

魔物を倒したりしなくても、レベルというものは上がるらしい。

「さて……スキル【異世界召喚】」

僕がスキルを使うと、ステータスの魔力が1減る。

ポンッ、と石が掌に落ちた。

「……まだ難しいかぁ」

このスキルは神様のもので、どうやら魔力消費に合わせて召喚できるものが決まっているらしい。

魔力を回復する時間も必要で、四時間に1しか回復しなかった。

回復する速度もレベルが上がるごとに変わるのだろうか。

そういうのも色々と不明な点が多い。

魔力を上げる方法……まぁ、レベル上げしかないんだけれど、これぱかりはウサギたちと一緒に過ごして上げるしかない。

幸い……楽しいし……あれ、眠い……ふにゃ。

モフモフに囲まれて、僕は眠りにつく。

それから数日の時が流れた。

レベルも大幅に上昇し、ようやくマシなものが召喚できるようになった。

「スキル【異世界召喚】」

魔力量も増えたことで、頑張れば食べ物を召喚できるようになっていた。

いい加減、果物だけというのも飽きてきた。

「……ニンジンだ」

まともに召喚できたものはニンジンだった。

ウサギのウィンドが顔を覗かせる。

「ヒロ様、これは何ですか？」

鼻をスンスンと動かし、匂いを嗅いでいる。

「食べてみる？　はい、どうぞ」

「はい……あむっ。とても甘いです！」

目を輝かせてる、可愛い……ウサギが喋っているというだけでも最高なのに、食べる姿も愛らしい。

だが、ニンジンをあげたこと。

これが僕の過ちであったと、少ししてから気付くことになる。

「我々にもご褒美ください、ヒロ様」

「ご褒美ご褒美！」

「ヒロ様！　掃除しました！　ご褒美ください！」

「ニンジン！　わー！」

ウサギが仁王立ちして、短い両手を空に掲げる。そうしてニンジンを要求してくる。

ウィンドが『とても美味しい果物をヒロ様がくださいました！　頑張って褒めてもらうのです！』と主導となり、ニンジンご褒美作戦を決行し出したのだ。

さ、流石に僕の魔力が足りない……。

キツい……だけど、ニンジン食べてる姿凄く可愛いんだよなぁ。癒やされる。

魔力がギリギリになるまで【異世界召喚】でニンジンを召喚し続ける日々が始まった。

「でも……魔力を使い続けたお陰か、魔力のレベルだけ凄い上がってる」

【魔力　4／50】

少し前はほとんどなかったのになぁ。ニンジンパワー凄い……くれくれって言うから、ずっと召喚し続けている気がする。

「ニンジン！　ニンジン！」

「ヒロ様～！　ヒロ様～！」

ニンジンによって掌握が完了したようで、僕は完全に森の主として祀り上げられていた。

モフモフが、宴をしている……などと思ってしまう。

何か、こういう絵を見たことがある気がする。鳥獣戯画だっけ……。

「はむはむ……」

「ウィンド……？　最近太ったような気がするんだけど、大丈夫？」

「ムー！　神様でも女の子に太ったっていうのは失礼です！　ムチムチボディーなんです！」

「あ、うん……ごめん」

ツーン、と鼻を伸ばすも短すぎて分からない。ただ可愛い……。

「でも、ニンジンステーキは控えようか。少し食べすぎだよ」

「なっ……！　それは酷いです！」

僕が考案した料理に、ニンジンステーキなるものがある。とても柔らかく、味がじんわりと口の中に広がるオリジナル料理だ。作るのが簡単で、味つけもほぼいらず。ニンジン本来の味を強調するものだから、ウサギたちからの評判もかなりいい。

「今日だけで何本食べた？」

「十本です……」

「食べすぎ、減らします」

「ぐにゃ～！　それはやめてください～！」

この森に飛ばされてから、僕もすっかり馴染《なじ》んでしまった。

魔法とか、怖い魔物とか狂暴な奴とかにはまだ遭遇していない。

この森は大きな膜に覆われていて、神聖な力で守られている。端まで行って確認したから間違いない。

ステータス的にも、まだまだ僕はこの世界では弱いだろう。

下手をすればウサギたちよりも弱い可能性が……ある。でも、強くなくてもいいんだ。

今はのんびりと過ごせばいい。

僕が寝転がって、空を眺める。すると、ウィンドが駆け寄ってきた。

「ヒロ様ヒロ様！」

「うん？」

「結界の端で人が倒れていました」

え……なっ！　何!?　人!?

ウサギたちの声が聞こえてくる。「わっせ、わっせ、わっせ」とみんなで運んで近くにそっと置く。

ふと、『呪いの儀式に連れてこられた生け贄』のように見えてしまったが、首を横に振る。

この森に人はいないはず……じゃあ紛れ込んだってことだろうか。

しかも倒れていたってことは、何か訳アリっぽい。

「我々で連れて参りました」

その人は気絶しているようで、意識はなかった。

僕は近寄って、顔を覗く。

「……女の子？」

赤髪の子だ。杖《つえ》も持っているし、深くローブも被っている。

「んっ……」

頬《ほお》に傷がある。転んだみたいだ。見た感じ血は出ていないし、時間が経てば起きそうだけど。

一応【神眼】で観察し、体の中に怪我がないかどうか……呪いやそういった類のものを受けていないかも確認する。

……うん、大丈夫そう。

すると、何かが僕の裾を引っ張る。

「ヒロ様」

ウサギたちが一か所に集まっていた。

「ご褒美〜！」

みんなが両手を上げる。

「ありがとう、みんな」

僕はそっと懐からニンジンを取り出す。よかった、ストックしておいて。

そうして「わー」と歓喜の声があがった。

……この子、どうしよう。

＊

外見的に十代そこらだと思うけど……どうすればいいのだろうか。とりあえず、処置かな。

ウィンドによると、この神樹の森はどうやらこの土地に足を踏み入れているだけで邪悪を払い、体の悪い部分を治すことができるそうだ。少しの怪我であれば、湖に入れば傷もたちまち治るらしい。

一応、【神眼】とか使って大怪我がないか何度も確認して大丈夫だと判明したけれど……何で起きないんだろう。木の棒でツンツンとつつく。

「……うっ」

身を包んでいた外套に、胸の膨らみが少し動く。

その声にウサギたちが反応した。

少し怖がっているようだ。

少女の声がする。

「……ッ？　痛っ～……」

あ、起きた。

僕はそそくさと、お手製の茶碗に入れた水を差し出す。家作りで余った木材を削り、いい感じに作ったものだ。

「へっ、え？　子ども……？　あ、ありがとう……んっ⁉」

僕の姿に警戒したのか、赤髪の少女が目を見開く。

「白いお化け⁉」

ウィンドが僕の頭の上で仁王立ちする。

「失礼です！　我々はウサギです！」

「あ……ウサギか」

そう少女が納得すると、辺りを見回す。

「ここ……森よね？」

「そうですよ」

「随分と立派な家に住んでるのね～……凄いわ」

少し照れる。

褒められることには慣れていないから、どう反応すればいいのか分からないけど……嬉しい。

「助けてくれてありがとう。私はアリア・エイヴリー。エイヴリー卿の一人娘よ」

おぉ……外国みたいな名前。いやまぁ、外見も日本人とはかけ離れているんだけど。

特に特徴的なのは、アリアの瞳だ。普通の人は瞳孔が丸いんだけど、アリアのは獣のように鋭くなっている。

それが僕にはとても魅力的に見える。

「ヒロ……ヒロです」

「ヒロ、助けてくれてありがとう」

ニシッ、とはにかむような笑顔を向けられる。

アリアが立ち上がると、外套のフードがズレる。

そうして、耳が露《あら》わになった。

「猫……耳？」

「え？　あ……あぁ⁉」

アリアが咄嗟《とっさ》にフードを被る。

「見た……？」

鋭い視線を向けられるが、僕は素直に答える。

「うん、可愛い猫耳ですね」

「か、かわっ！　……ごほんっ、気持ち悪いとか、思わないわけ？」

そんなこと思うのだろうか。

よく僕が見ていたアニメでも、猫耳のキャラはいたものだ。特にここは地球ではない。異世界なんだから、何ら不思議はない。

「僕は好きですよ」

「……変わってるのね、あなた」

思わず首を傾《かし》げる。

「まぁいいわ、気持ち悪がらないのなら……それはそれで」

神樹の森を見た瞬間、アリアが口を開いた。

「ねえ、ヒロ……もしかしてここ、神様の森っていう、凄いところなんじゃ……」

「凄いかは知らないんですけど、神樹の森ですね」

「はぁぁぁっ⁉」

アリアが叫び声をあげた。

「あっ、たぶんお腹空いてますよね。これ、どうぞ……万病に効く実なんですけど、元気になりますよ」

この聖域で育った黄色い実を渡す。味としては栄養ドリンクに近い。実際、元気になるし。食べると、うおーっ！　とやる気が出る感じだ。

しかし、アリアはなぜか頬を引き攣《つ》らせてしまった。

「こ、これ……伝説の……果実……」

何を言っているかよく聞き取れないが、遠慮しているのかな。もしくは嫌いとか、有り得る。

「もし嫌なら、これはどうですか？」

懐《ふところ》から、聖域リンゴを渡す。実っている木が少ないからちょっとレアな果実だ。

「ひ、一口で百年は寿命を延ばすって言われてるリンゴじゃないのこれっ⁉」

その時、僕はアリアのことを元気な人だなぁと微笑《ほほえ》ましく思ってしまった。

「へぇ～。まぁ結構美味しいのでよく食べますよ。あむっ、ほら」

実践して、安全ですよと見せると、アリアが小さな悲鳴をあげる。

「ひゃっ――――」

その言葉を最後に、アリアは気を失った。

「……また気絶した」

それから、アリアは自分がどうして聖域付近にいたか、さっき気を失っていたかを説明してくれた。

歳も近いということで、すぐに意気投合し、敬語はやめようとなった。

「一応、この森はエイヴリー領土に入ってってね。王国から管理を任されているの。だけど、少し前に王都にある魔力検査機……大きな球体なんだけど、そこに反応があって……この森に何かが落ちたっていうのよ」

少し前……何か僕のような気がする。

「その正体を突き止めて、報告しろって命令が下ってね」

ウィンドが言う。

「ほう！　それはつまりヒロ――――」

「いやぁ、何だろうね！　アハハ……！」

僕はウィンドを抱っこする。

バレたら危ない気がする……。アリアは悪い人ではないと思うんだけど、僕はあくまで異世界人だ。この世界にとって、それがどういう立場にいるか分からないのに、下手に正体を明かすべきじゃない。

「ふーん、ヒロは何か知らない？」

「ぼ、僕は知らないかな……昔からずっとこの森にはいたから」

「そっか～。まさか、神々の森に人が住んでたなんてね～」

うぐっ……軽い嘘でも罪悪感が芽生える。

はぁ……小心者なところは、今の僕も変わらないか……。

「この森って神々の結界に覆われていて、その周辺を強力な魔物に囲まれているから……普通は入れないの」

「アリアは来れたよね？」

「たぶん、吹き飛ばされてきたんだと思うわ。結界の外にいるSランクの魔物、堕魔龍《ダーク・ドラゴン》と戦って……私以外の仲間は全滅したか、逃げたか」

アリアは少々心配しているようだが、今の自分が確認しようのないことだと納得したようにため息を漏らした。

まだ僕は結界の外に出たことはない。魔物自体も、あまり結界の傍に近寄らないようで、見かけることもなかった。

「それで、ここが神の森っていうなら……この白いウサギたちは……間違いなく精霊動物か」

「我々は、ヒロ様に仕えております！」

ウィンドを中心として、ウサギたちが整列する。

アリアも可愛いと思ったようで、頬を引き攣らせながら照れていた。

「うぐっ……ヒロ、凄い好かれてるのね」

「僕の力っていうよりも、ニンジンの力かな……ハハ」

懐からニンジンを取り出すと、やはり騒ぎ出す。

「ニンジン～！」

「ニンジン様～！」

懐に戻す。

「「わ～！」」

そしてまた出す。

何これ面白可愛い……。

「何やってんのよヒロ……」

「ふふっ、可愛いよね」

「か、可愛いけど……あのね、彼らって人には懐かない超貴重な動物なのよ。外の世界にもウサギはいるけれど、毛並みは黒。白っていうのは神聖なもので、穢れなき美しき動物って扱いになってるの」

へぇ～、地球でいうところの白蛇は縁起がいいっていうのと同じ感じか～。

外の世界か……どんな光景なんだろう。

「それに好かれてるってことは、ヒロがそれだけ心が綺麗《きれい》で優しいって証でもあるの」

そう教えてくれる。

自覚はないが、人から優しいと言われたことはあまりなかった。

昔から頼みごとは多くされていた。断らなかったのは、それは困ってる人がいたから助けなきゃって思っていたからだ。

「だけど、白以外の色はすべて穢れ、汚れている動物と言われている……」

アリアの視線が落ちる。

ふと、先ほどの猫耳を思い出してしまう。

アリアが人間じゃないことは、一目で分かった。赤髪に猫耳だ。

「うん？　ヒロ、どうかした？」

視線を向けていたことに気付かれたようで、アリアが問いかけてくる。

「あぁ、いや……何でもないよ」

本人が触れてほしくないことに、ずけずけと踏み込んじゃダメだ。

僕は人が傷つくようなことはしたくない。

「はぁ……魔力消費が激しすぎて、しばらく私も動けないし……結界の外に出ても強い魔物がいるから……どうしましょうねぇ」

アリアが空を見上げた。

軽い嘘をついてしまったし、元はといえば、僕がこの世界にやってきたことで迷い込んでしまったんだ。

責任は取るべきだろう、と思う。

「ご飯とか、住むところとかなら用意できるよ」

「え……？」

人がいない場所を望んで、ここへやってきた。

だけどしばらくの間、一人で暮らしていて分かったんだ。

ウィンドたちがいても、やっぱり人は人と暮らしていないと寂しくなってしまう。

僕はやっぱり、人が好きみたいだ。

「ヒロ……いいの？」

「お安い御用だよ」

＊

その日から徐々に、僕は結界の外ギリギリまで顔を出すようになった。

いつかはアリアも外の世界に戻らなくちゃいけない。そうなった時に、安全に帰れるルートを見つけておくのも必要だと思ったんだ。

もちろん、危険だと思ったらすぐ引き返す。

それだけこの森には、僕の知らないことがたくさんある。

でも実は……外に出て、新鮮な空気を吸って……見たこともない動物や魔物を見る。それがとてもワクワクするんだ。

意外にも、職場で座って事務作業を続けるよりも、こうして体を動かして何かと触れ合う方が、僕には性に合っていたらしい。

この場所へ来ていなければ、こんな発見はきっとできなかっただろう。

結界の傍へはあまり魔物たちは来ないと言ったが、たまに例外もいる。その特性を理解している賢い魔物は、あえて結界近くに住んでいたりするんだ。

そういう魔物ほど、あまり強くない魔物だ。

例えばほら、あそこにいるゴブリンたちがそうだ。

肌が薄緑っぽいのもいれば、黒く濁ったゴブリンもいる。どうやら色によって強さや階級分けがされているようで、なかなか面白い生態をしていることが分かった。

【神眼】を使って色々と観察していると、とあるゴブリンを見つけた。

「あのゴブリン……服を着てる。しかも杖を持って……特殊なゴブリンっぽいな」

木陰から顔を出し、状況を確認する。

一緒に来ていたアリアが、「あぁ」と声を漏らした。

「あれは特殊な上位ゴブリン……シャーマンゴブリンね」

「シャーマン？」

「呪詛《じゅそ》使いってこと。人間は魔法の言葉で魔法を使うんだけど、ゴブリンは違う。ゴブリンたち独自の言語で呪詛を使う。それがシャーマンゴブリン」

「へぇ……凄い詳しいんだね」

アリアも魔法使いっぽいし……でも冒険者っぽくはない。立ち振る舞いからも貴族のような雰囲気を感じる。

「魔物図鑑に載ってることを喋ってるだけよ。ヒロの方が、こんな恐ろしい魔物ばっかりの場所にいて、どうしてそんな自然体でいられるのかしら」

「僕はまぁ……慣れだよ」

人は一か月で慣れ、二か月で染まるという。

正確な日数までは分からないが、それくらいは経っているだろう。

すると、シャーマンゴブリンが焚火の前にゴブリンたちを集めた。

「ウーシャーマー！　シー！」

何やってるんだろう。杖を掲げたり、魔物の骨や植物などを一か所に集めている。

詳しく見てみよう。【神眼】。

「ウーパー！」

盛大に杖を空高く掲げると、黒いモヤが広がっていく。

「儀式ね……ああやって、シャーマンは呪いの道具を作るの。アレにやられた冒険者はたくさんいるわ」

えっ、そんな危なっかしいものだったの。

New!!
スキル：【儀式】
　呪いや呪詛の能力を持った道具を作ることができる。

入手しちゃった。まぁ……いいか。悪用しなければいい話だろうしさ。

それよりも、ゴブリン程度ならアリアでも倒せるらしく、このルートは比較的安全っぽそう。

メモメモ、っと。

僕はお手製の木板に印をつける。

「ヒロって几帳面よね」

「そう？」

「うん、普通の人よりもメモ取ったり、話をちゃんと聞いたり……偉いわ」

社会生活で身に付いたことが役に立っているだけだと思う。

メモを取る、話を聞く、社会人としては当然のことだ。

「私より子どもっぽいのに、凄い大人っぽくも感じるし」

「うへっ！　あ、あぁ……ほら、一人で生きてきたからさ！」

必死に誤魔化すと、納得してくれた。

「可哀想な人生を歩んできたのね……」

変な方向に誤解されて、憐みの目を向けられている。

人から可哀想と言われることはあまりなかった。

神様とアリアくらいかな、今のところ。僕は自分を可哀想だとはあまり思わない。

悲観した人生なんて、楽しくないから。

「そろそろ戻ろう。ウィンドたちが待ってる」

「そうね、植えた野菜を勝手に食べてなければいいけど」

うん、僕もそれが一番心配だ。

僕たちが拠点に戻ると、畑の柵越しにウサギたちがくっついていた。

「ニンジン……」

そう声が聞こえて、苦笑いを浮かべてしまう。

「よく我慢してるわね、あの子たち」

「してもらわないと……育つ前に食べられちゃうよ」

僕はあれから、【異世界召喚】でニンジンを出すことを控えていた。そもそも、魔力によって召喚するとはいえ、どこから持ってきているか分からない。

地球で誰かの畑から持ってきているのなら、それはよくないことだ。

数十本だから、もしも他人の畑から持ってきているのなら、きちんと謝りたいんだけど……あっちに戻る手段とかない。

実はアリアがここに来る前、種のついたニンジンを召喚した。

だからそれを使って、畑を耕して育てることにした。

これなら、ニンジンを召喚せずに済む。

他に、キャベツやパセリなども育てている。他の場所ではじゃがいもも育てているんだけど、地球でウサギが食べられないものは、与えないつもりだ。

「でも……最近はお肉が食べたいかな」

「肉ね、少し難しいかもしれないわね。ここら辺の魔物は全部強いから」

うーん……アリアの言う通り、僕から見ても勝てそうな魔物はいない。ゴブリンにすら勝てる気がしなかったし。

何か方法はないか……ないかなぁ……例えば、昔の人とかどうやって獲物を狩っていたか。

「罠とか仕掛ければ、いけるかな」

でも、どうやっておびき出したり、罠を仕掛けたりしよう。

僕は腕を組んで悩む。

「ねぇアリア。シャーマンゴブリンが使う呪詛って、ダメージを与えたりとか誘き出したりとかできるの？」

「え、えぇ……できるけれど。でも、人間じゃ使えないわよ？」

うん、僕はさっき【神眼】でそれっぽいスキルを入手した。

やり方も覚えている。

「ちょっとやってみてもいいかな」

「いや……だから、無理だって。ゴブリンの言語すら解読不能なのに」

ふふん、僕はやればできる子なのです。

僕は両手を空へ向かって掲げる。

「ウーパー！」

シャーマンゴブリンと同じような動きをする。僕の足元でウサギたちも同じように「ウーパー！」と手を伸ばしていた。

スキル発動！　【儀式】！

アリアが頬を引き攣らせる。

「やってることが不気味だけど、凄く可愛い……」

シャーマンゴブリンのスキル【儀式】を手に入れたことで、僕はさっそくお肉確保作戦を実行していた。野菜や果物も美味しいんだけど、お肉も食べたいのだ。

もちろん、神様のスキル【絶対健康】でお肉を食べなくても大丈夫なんだけど……心が欲しているんだ。

アリアだって、お肉を食べないと体によくない。


焚火を中心に、紫色の光が集まる。

儀式の依り代に使ったものは、近くにあった狼型魔物の骨だ。

頭蓋骨に紫の光が灯る。

「……できたかな」

正直、これまでこういうスキルは使ったことがない。

さて……【神眼】。

New!!

【アイテム】
・狼魔の頭蓋骨
呪詛によって呪われており、狙った対象が眠ると真夜中に遠吠えの幻聴が聞こえる。


完全に呪いのアイテムだ。いや、呪いのアイテムができるってのは、分かっていたんだけどね……。

ちょっとこのアイテムは使いづらいかな。

「失敗……」

ぽいっ。

すると、その骨をウサギたちがキャッチした。

「ヒロ様が作ったもの、私のものです」

「ズルいです～！」

「ダメだよ、喧嘩しちゃ。回収します」

「「あぁ～！」」

これは封印です。

いつか使い道があるといいな。

お肉、お肉を食べるため……頑張る。

「ウーパー！」

もう一度【儀式】をする。

数回ほど繰り返すと、ようやく使えそうなアイテムが出現した。


【アイテム】
・狼魔の足の骨
骨の魅力度が上がり、魔物を引きつける。


うん……！　これなら使えるかもしれない！

「よし！　できたー！」

「おぉ……パチパチ」

アリアが拍手をしてくれる。

使い方としては簡単だ。この骨を吊るして、結界付近までおびき寄せる。あとは穴を掘ったりして、罠を仕掛ける。

それでお肉ゲットする。

「でもまさかヒロが、ゴブリンの言語を知ってるなんて……初めてそんな人と会った」

「えっ……あ、あぁ……その、僕長いこと森にいるからさ。ゴブリンの言語が自然と分かるようになったんだ」

訝《いぶか》しげにアリアから見られる。

ご、誤魔化せないかな……。

「そうね。長いことこんな凄い森に住んでたら、特殊能力の一つや二つあっても不思議じゃないわ」

ホッ……と僕は胸を撫《な》で下ろす。

「でも、凄いのよ。ゴブリンの言語なんて、人間ですら解読不能なんだから」

「何となく分かるだけだよ」

実際はスキルのお陰で脳内に言葉が浮かんでいるだけなんだけども。

「相変わらず謙虚ね。まぁともかく……これで魔物を狩るのよね」

「うん。罠とかも仕掛けてみるんだけど」

僕には一つ懸念点があった。

魔物を捕まえても、倒しきれない可能性だ。

僕は自分であまり言いたくはないが、弱い。ステータスもかなり低いし……倒しきれなかったら撤退するしかない。

それでなくとも、結界の外にちょっと踏み出すのですら怖い。

「なら……倒し損ねたら任せて」

「大丈夫？　無茶したらよくないよ。まだ魔力も回復してないんじゃ」

歩きながらアリアが振り返る。

「ヒロにお世話になってばかりじゃなくて、たまには活躍しないとね。これでも私ってば王国最高峰の魔法使い、覇道《はどう》の一人なんだから」

自信満々に、アリアが微笑んで見せた。

＊

覇道とは王国が定めた優秀な魔法使いを指しているらしい。一定の年齢に達し、一定の魔力を所持している人間が認められるのだそうだ。

年間で三人ほどしか選出されず、王国全体でも数十人しかいない超エリートの一人だという。

アリアがそんな凄い人だとは知らなかった……普通の子に見えるのに。って、今の僕の外見も、似たようなもんか。アハハ……。

神樹の森中央の拠点から、数十分も歩いてくと結界内の端に到着する。

簡単な罠をいくつか仕掛けて、他にも作った呪いの骨を吊るす。

この辺りにイノシシ系の魔物は生息せず、弱い魔物でも狼系の魔物だとか。

骨で誘き寄せられる魔物といえば、狼系だ。

結界の外へ踏み出すことも少し怖くもあるが……ちょっと出て仕掛けて戻ってくるだけだ。

それに強い魔物は結界の側に近寄らない。

「こんな感じかしら」

アリアが丁寧に紐で骨をくくりつけた。それを吊るし、下に大きな穴を掘る。

とても原始的ではあるものの、今は簡単なものしか作れない。

失敗したら、違う作戦を立てよう。

「じゃ、しばらく待とうか」

それからしばらく、僕たちはその罠を放置することにした。傍にいると人間の気配を察知して、近寄らない習性があるそうだ。

時間が経過して罠を確認しに行く。

「……罠、作動してる？」

「してるわね」

ただ、僕たちは素直に喜ぶことができなかった。

仕掛けた罠は簡単なもので、小さな魔物なら捕まえられる。

だけど……僕たちが掘った大穴よりも大きな魔物が入っていた。

まるで投げ込まれたように。

「絶対この罠のお陰じゃない……」

「そうよねぇ～……」

どうしようか、と二人で悩む。

僕たち二人で運べるほどのサイズではない。

アリア曰く、この魔物の名前は魔魂熊という名前らしい。荒々しい熊の魔物で、魔族地方にある森林地帯に基本は生息している。

巨大な体躯と鋭い爪で獲物を狩り、上位の冒険者でも襲われるとひとたまりもないとか。

「……そんなヤバい魔物が吹き飛んで、僕たちの罠に入った」

嫌な予感しかしない。

森が一瞬、異様に静まる。

「グガァアアッ‼」

その咆哮《ほうこう》に驚き、体が跳ねる。

な、何の声⁉

かなり離れたところから、天まで届く砂埃が舞う。

アリアの頬から汗が流れ落ちる。

「堕魔龍《ダーク・ドラゴン》……！」

その名前を聞くのと同時に、ドラゴンの翼が見える。

あれがアリアたちを襲った魔物……凄いデカい……！

あんなの地球で見たことがない。全身が黒く、口から黒炎を放っている。

「キィイイッ‼」

ドラゴンと戦っているのは、巨大な鳥だった。

全身が茶色味を帯びていて、絵で見たことのある鳳凰のような鳥だった。

こ、これもデカい……！

ここからかなり離れているというのに、戦いの余波をヒリヒリと肌に感じた。

「キィイ……」

全身の鳥肌が立つ。

「ヤバいっ！　ヒロ、しゃがんで！」

「ふがっ」

アリアが僕に覆い被さった。

「【防御《バリア》】！」

アリアが魔法を使って僕を守る。

これ……凄い堅そう。

鳳凰が魔力の塊を溜めると、空が歪んだ。

すると、鳳凰の口から放たれた一撃が降り注ぐ。

「グガッ……！」

ドラゴンがその一撃を受け止めた。

周囲一帯の木々が吹き飛び、振動が走った。

遅れるように風が吹き荒れ、これが大型……この世界の最上位同士の戦いなのだと悟る。

す、凄い……。

ふと、自分が【神眼】でその光景を見ていたことに気付いてしまう。

……何かスキル取得の文字が出てるけど、見ないでおこう。

こんな威力が壊れてる攻撃のスキルとかだったら、気が重い……。

二体の魔物は争いながら、どんどん結界から遠ざかっていく。

アリアが項垂《うなだ》れる。

「はぁ、怖かったぁ……もう二度と、アレに襲われるのは御免よ」

「やっぱこの辺の森にいる魔物……凄く強いんだね」

「そうね。おそらく、罠にかかったこの熊も戦いに巻き込まれたんでしょうね」

二人で熊を見る。

「……二人で運べるかしら」

「アハハ……同じこと思った」

すっごい大きいし、解体も大変だ。

そう思っていると、アリアは解体できるらしく、サッとこの場で解体し、二人で何とか持っていける重さになった。

結界内に入ると、ウィンドたちが待ち構えていた。

自分たちが運ぶと言って、拠点まで手伝ってくれる。

正直、大変だったからとても助かった。

拠点に戻り、獲得したお肉を前にする。

「ふぅ……あとは道具とかあれば……」

僕は顔を上げる。

「何か欲しい道具とかあるの？」

「うーん……鍋とか、鉄板かしら。今の食事って基本的に果実じゃない？　煮たり焼いたりとか大事だと思うの」

「あー……確かに」

僕は意外とカップラーメンだったり、コンビニ弁当で済ませてしまったりすることが多かった。食生活に頓着していなかったんだけど、それでよく病院の先生に怒られたっけ。

でも、自炊とかって時間がかかるんだよなぁ。

働く時間を考えると、寝ていたいと思う方が多かったし。

「私も手伝うからさ、ヒロも一緒に料理を作らない？」

「一緒に……」

ふと、一人暮らしをしていた頃を思い出す。

小さな部屋で、水を温めてカップ麺を作る。もしくはレトルトの食べ物だ。

仕事のために食べるご飯、寝るためだけの家……。

それを思い出し、ウィンドたちやアリアに気付く。

「どうしたの？」

「あ、あぁ……いや。何でもないよ」

誰かと一緒にご飯を作るなんて、あのまま仕事をしていたらきっとなかっただろう。異世界に転生して、外見も幼くなったけど……心は同じままだ。

誰かのために尽くす人生を歩んできた。

僕は小さく微笑んでみせた。

「一緒に作ろうか、アリア」

自分のために生きるチャンスを、神様から与えられた。

のんびりと好きなことをして生きてみるのも、楽しそうだよね。

＊

僕は余った木材を使って鍋を作った。丈夫ではないし、数回使ったらダメになってしまうけれど、鉄製のものを入手する方法は今のところ、ない。

熊肉を大きめに切り、玉ねぎとニンジン、じゃがいもなどと一緒に鍋に入れ、じっくりと煮込む。

砂糖やみりんといった調味料はないんだけど、こういうものでも素材の味が出てとても濃くなる。

「ヒロって凄いのね。料理までできるんだ」

「いやぁ……僕の力じゃないよ」

頬を掻く。

スキルの【異世界召喚】で、偶然にも料理本を手に入れた。結構ボロボロで、おそらく捨てられるはずだった料理本だろう。

ただ、使われた形跡がなく『よし、料理の本を買ってチャレンジしてみよう！』と思ったのはいいものの、買っておしまい、というパターンだったのかもしれない。

僕もその経験があるから、気持ちはよく分かる。

自分で食べるだけの料理なら、手の込んだものにする必要はない。それこそ、簡単なものでいいやってなる。

でも今は違う。時間はたくさんある。自分の好きなことができる。

特に今ではアリアがいる。誰かに料理を食べさせて、美味しいと言ってもらえるのは嬉しいんだ。それに【神眼】のお陰か、本を読んだら料理は完璧に再現できる。

「精霊動物たちは興味を示さないのね」

「ウィンドたちは野菜以外、食べないらしいよ」

「へぇ～……じゃあ、私たちでご馳走ね！」

アリアも料理を少し手伝ってくれたが、異世界の料理法に驚嘆の目を向けていた。

こっちの世界の料理を知らないからなぁ。

あとで聞いてみるのもいいかもしれない。

湯気がモクモクと天高く上がっていく。

香ばしい香りと食欲をそそる匂いに、お腹が鳴った。

「アリア、食器持ってきてくれる？」

「分かったわ！」

鼻歌交じりにアリアが離れていく。

すると、僕の耳に羽ばたく音が聞こえた。

バサバサ……。

うん？　何か聞こえたような……。

まぁ、ここは結界内だし、そんな強い魔物が入ってこれるはずがないよね。

「さぁヒロ！　食べましょ食べましょ！」

アリアが食器を持ってくる。

いただきます、と二人で手を合わせて食べる。

あむ……うん、かなり美味しい。熊肉がかなり柔らかくて、口の中でとろけていく。こちらの世界のお肉って凄い柔らかいな。

あむ、あむと食べ進めていく。

「んん～！　これ凄く美味しい！　ヒロの料理って美味しいわね！」

「よかった……ちょっと不安だったんだ。人に料理を振る舞うって初めてだからさ。美味しいって言ってもらえて嬉しい」

僕は微笑みを向ける。

「もっと自信を持ってよ。これ、王都でもなかなか食べられないほど美味しいわ！」

あまりにも感動したようで、アリアが息を漏らしながら、天を仰いだ。

「はぁ～……まさか、魔物に襲われてこんなところに来たけど……こんな最高な料理を――――え？」

　見上げた先で何か見たようで、固まってしまう。

「どうしたの？」

「ひ、ヒロ……上、見てみなよ」

　上？　何かいるのかな。

　アリアに言われた通り、僕も上を見上げた。

「え……ドラゴン？」

　バサバサと翼を羽ばたかせ、僕たちを見下ろしている堕魔龍《ダーク・ドラゴン》がいた。

　ジー……とこちらを見ている。

　結界はドーム状の形をしている。だから入ってくることはできないのだろうが、匂いに釣られて現れたようだ。

　アリアの言葉が定まらない。

「あわ、わわわ……」

「お、落ち着いてアリア……！　ドラゴンは入ってこれないから！」

「そ、そうね……！　そうよ！　入ってこれないのよ！」

　この不思議な状況をどうしようか悩んでいるも、僕たちに解決策はない。どちらにしろ、あのドラゴンをどうすることもできない。

あのドラゴン、戦って傷ついてるけど、勝ったのかな……。

僕はまた一口、と料理を口に運ぶ。

うん、我ながらいい出来だ。

「あむ……」

ジー……。

「あむ」

ジー。

「ヒロ⁉　どうして平然としてられるの⁉　見られてるのよ⁉」

「いやだって……気にしても仕方ないことだから。僕の解決しようのないことを考えても、心労が増すだけだよ」

「あなたってたまに凄く年齢にそぐわない大人びたこと言うわよね……」

「そうかな？」

これも社会生活で身についたことだ。

仕事の内容が上手にできたかどうか……自分は上手くできたつもりでも、評価をするのは自分じゃない。

それを気にしてずっと悩んでいても、仕事が手につかなくなる。ブラック企業ではそんなこと考えてたら、一生仕事が終わらないんだ。

「アリア、おかわりもあるよ」

「え、えぇ……もちろんもらうわ。美味しいもの」

「うん、どうぞ」

やっぱり、人に美味しいって言ってもらえるのは嬉しいな。

まずいって言われたらどうしようかって焦った。

よかった……上手にできた。

人並みのことができるようになったことを神様に感謝しなくちゃ。

そこから、僕たちが食事を取るタイミングになると、必ず堕魔龍《ダーク・ドラゴン》が空に出現するようになった。

その生活が続いてかれこれ三か月の月日が経過した。

その間、僕たちの作った罠に獲物がかかることはなかったが、定期的に熊が放り投げられるようになっていた。

……これってつまり、『獲物は渡すから、その美味そうな料理を作れ』ってことかな。

堕魔龍が僕たちの食事を観察するようになって、アリアがそれに慣れるまで時間がかかった。

最近ではもう気にせずにご飯を食べている。

「おいひ～！　この森の食べ物って凄いわ～」

「アリアの料理が上手なだけだと思うよ」

「そんなことないわ。ヒロが教えてくれた風変わりな料理がいいのよ。こんな作り方、私初めて知ったもの」

お互いに気心が知れた仲になり、アリアは自分の猫耳を隠さないようになっていた。

僕が嫌な顔をしたり、気を遣った様子を見せたりしないことを察したのだろう。

ジー……とドラゴンが空からこちらを見ている。

「で……今日も来てるわね。あのドラゴン」

「そうだね」

やっぱり、この匂いに釣られてきていると見て間違いなさそうだ。

罠にも何体かお肉を投げ入れられていた痕跡があった。

「よいしょっと……」

「どうしたの？　ヒロ」

「この料理、少し分けようと思ってさ」

「え!?　あのドラゴンに!?」

そ、それほど変なことを言っただろうか。

このお肉だって、あのドラゴンが投げ入れてくれたものだと思う。それを独り占めするのは、どう考えてもよくない。

きちんと分けて、『ありがとう』と感謝を言うべきだと思った。

でも……怖くないと言えば嘘になる。僕よりも魔法に詳しいし、この世界を知っているアリアが負けたドラゴンだ。

結界の外であれば、トップクラスの強さの魔物だろう。

「でも、ちゃんとお礼言わないと」

僕たちがこうしてお腹いっぱい食べられているのは、ドラゴンのお陰なんだ。

「律儀ね……分かった。私も付き合う」

「怖くないの？」

「こ、怖いわよ……でも、ヒロを一人で行かせられないでしょ。命の恩人なんだし」

そっか。有難いけど、無茶はさせられないな……。

基本的にはウィンドたちに手伝ってもらい、大きめの鍋に料理を運ぶ。

結界の外まで到着したら、料理を開けた場所に置いておいた。

降りてくる前に結界内に戻ろう。

「ふぅ……」

これでいいだろうか……。

結界内から眺めていると、空からドラゴンが降りてくる。

ウサギたちが僕に隠れる。アリアも同じように僕の背中に隠れた。

「グガァ……」

そう鳴いてから、僕の眼を堕魔龍が見つめていた。

「ど、どうぞ……お肉のお礼です」

手を差し伸べて、料理を促す。

すると、堕魔龍はスンスン……と匂いを嗅いでからパクッと口にした。

「……グガァ〜」

どうやら美味しかったようで、目元がとても柔らかくなっていた。

何度も口にし、空っぽになると鍋と、僕の眼を交互に見てくる。

「お、おかわり……？」

「グガ！」

合っていたらしい。

僕は他にも持ってきていた鍋を差し出す。

一応、足りないかもと思って作っておいたけど……凄い勢いで食べるね。

それから一心不乱に、僕たちが作った料理をドラゴンが食べる。

「グガ！」

「もうないよ」

持ってきていた料理はすべて食べ尽くされてしまった。

僕の言葉をはっきりと理解しているようで、落ち込んだ様子を見せた。

「またお肉とか調達してくれれば、作るよ」

そういうと、パッと表情を明るくする。

それを見ていたアリアが呟《つぶや》く。

「何か犬みたい……」

アハハ……僕も思った。

意外とドラゴンといっても、恐ろしい存在でもないのかもしれない。僕たちと同じように心があって、美味しい食べ物に興味を抱く。

それを食べて心が幸せになる。

あまり、そこに種族の差というものはないのだろう。

そう、心から思った。

その帰り道、一緒に鍋を持ち帰りながらアリアが言う。

「まぁ、魔物だからドラゴンも結界内には入れないのよね」

「そうだね……ちょっと残念かも」

「え？　残念……？　安心じゃなくて？」

「うん、凄く美味しそうに食べてくれたから。一緒にご飯を食べれたら……きっと楽しかったかもなぁって」

ふと、その絵を想像してしまう。

ウィンドたちが怖がっているから、やはりまだ難しいのだろうとは思う。

「ほんと、ヒロって変わってるわね。相手はあの世界最恐種のドラゴンなのに」

「種族なんて、関係ないよ」

微笑みながら言うと、アリアが自身の猫耳を触る。

「種族なんか関係ない……か」

僕たちが堕魔龍を仲間に引き入れたことで、条件が満たされていることに気付く。

もうアリアは安全に、この森を抜けて帰れるのだ。

＊

堕魔龍と会話ができることを知った僕は、アリアと一緒に来ていたという冒険者たちについて問いかけた。

どうやら、襲われたと勘違いして撃退したようで、本人は追い払った感覚らしい。

この森を汚すことが嫌で、人間を殺すようなことはしなかったそうだ。アリアは不運にも飛ばされてしまっただけだった。

あの大怪獣戦争のような、派手な戦いをしていたのは縄張り争いで、他からやってきた鳥に巣を奪われかけていたとも聞いた。

人間が嫌いだと言いながらも、僕に対しては嫌悪感を見せない。それどころか懐いてくる。

「ドラゴンさん、アリアのこと人のいるところまで連れてってくれる？」

「ガウ」

そう堕魔龍が返事をすると、アリアが頬を引き攣らせた。

「仲よくなってる……絶対に人には懐かないのに、凄い」

ペロペロと僕の頬を舐める。

く、くすぐったい。

「ヒロって、精霊動物に好かれて、ドラゴンにも好かれるなんて……本当に何者なの？」

「ただの人間だよ。それよりもアリア、ほら」

堕魔龍が背中を向ける。

「乗せてってくれるって」

「えっ⁉　い、いいの……？」

「ガウ」

堕魔龍が頷いた。

きちんと、僕は自分の責任を果たしたと思った。僕がこの世界に転生しなければ、アリアは怪我をすることもなかったし、結界に足を踏み入れることもなかった。

外の世界……か。

『人並みのこともできねえのか！　ヒロ！』

『この仕事もやっといて。これくらい誰でもできるから』

『甘えなんじゃないのか？　お前だけが疲れてるアピールか？　これもやっとけよ』

嫌なことをたくさん言われて、フラフラとした足取りで仕事から帰る日々……それが、僕にとっての外の世界だ。

人並みのことができれば、それでいい。

危ないことに足を突っ込まない。

うん、それがいい。僕はその方が幸せだ……幸せなんだ。

「ヒロは、行かないの？」

「僕は……」

行かない。そう言葉にしようとして、ふと思いとどまる。

ここは地球じゃない。異世界だ。

そうだ、自分が抱いている恐怖はもういない。

この森へ来て、見たこともない動物や食べ物……僕を慕ってくれる人もいる。

果たして本当に、外の世界は怖いところなんだろうか。

行ってみたい。

この森の外に何があるのか。アリアがたまに話してくれる外の世界を見たい。

人に流されて生きてきた。学校でも、社会でも、流れるままに生きてきたんだ。

僕は……。

「行ってみたい」

僕の口から、正直な言葉が初めて出た。

何かをしたいと、僕は初めて意思を出した。

自分のために生きると決めたんだ。

アリアが笑う。

「じゃあ、行こ！」

僕の手を取り、一緒に堕魔龍の背中に乗る。

何度か羽ばたいてから、「わ、わぁぁぁっ!?」とアリアが叫び声をあげた。

空へ高く飛び上がる。

しばらく飛んで落ち着くと、アリアが問いかけてきた。

「あっ！　ウィンドたち！　精霊動物どうするの!?」

「大丈夫だよ、実はここにいるんだ」

僕が着ている服の懐から、ピョコンッと顔を出す。

「かわっ！　ごほんっ、何だ。一緒なのね」

「そうです。ヒロ様は私たちの神様なので、傍にいます」

「他のウサギたちはどうするの？」

「私は転移魔法が使えるので、ヒロ様ごと連れて帰れます。行き来もできます」

そう、ウィンドは転移魔法を使うことができた。精霊樹の傍で生まれ育ったから、場所は聖域しか飛べないらしいのだが、飛んだ場所へ戻ることも可能だそうだ。

「実は僕も使えるよ」

【神眼】で転移魔法をコピーしてしまった。

指をくるん、と回す。

「えぇ……それ、熟練の魔法使いでも習得が難しいんだけど……私は適性ないから使えないけど」

あら……そうなんだ。

あんまり人前で見せないようにしよう。

小さくなってキョトンとする。

この世界の常識を何も知らないから、使える魔法の凄さとかが分からない。

【神眼】も僕の力じゃなくて、神様から与えられたものだ。

だから、これを僕は自分の力だとは思わない。

ありがとう、とは思う。

どう使うか、ちゃんと考えなくちゃ。できれば人の役に立つ方が嬉しいかも。

「あっ、ヒロ！　見えてきた！」

アリアが指をさす。

僕も体を乗り出して、一緒に見る。

「人の街……」

「あれがエイヴリー領土なの！」

エイヴリーって、アリアの家名と同じ名前だ。

薄々気付いていたが、アリアって……貴族の中でもかなり地位が高いのだろうか。

ここに来る前、僕はアリアからこの国のことを聞いた。

聖域がある国、その名をパラミット王国。

人間の王国は複数あるものの、代表的な国がパラミットであり、海に面しているため、貿易で人間社会の覇権を握った王国だった。

商人が非常に多く、権力者の大半は商人から成り上がった者で、実力主義の王国だった。

また、獣人を酷く差別している。

アリアは国が近くなると、自身のフードを被った。

「とりあえず、着いたら私はお父様に報告するから、そのあと一緒に歩きましょ！」

「う、うん」

「このまま堕魔龍と一緒だと人々が混乱しちゃうから……魔法【認識阻害】」

堕魔龍を包み込むように光の膜が覆った。

「これで大丈夫っと」

そうして、僕たちは近場の開けた場所で降りた。

初めて、僕は外の世界に来た。

こんなにも結界から離れた場所に来たのは初めてだ。

「ヒロ様、怖かったらすぐに帰りましょう」

「大丈夫だよ、ウィンド」

苦笑いを浮かべる。

そこまで僕もメンタル弱くないよ。社会人生活で鍛え上げられたからね!

「ふんっふんっ」

一人で自慢げに鼻を鳴らしていると、アリアが「何してるの?」と不思議がっていた。

二章　異世界転移

パラミット王国の王室内で、大きな召喚陣が発動した。

ヒロがこの世界に来たことを検知した大きな球体、魔力検査機がうるさく動く。

そうして輝かしい光に包まれ、数名の人影が姿を現した。

「おぉ……おぉぉっ！　国王陛下！　成功しました！」

厳かな表情をしたお堅い風貌をした老人は、頷く。

「うむ！」

魔法陣の中央に、三人の男女がいる。

「え……ここ、どこなの？」

現代で日本の高校生の服装をした彼らは、突然の出来事を理解できずにいた。

先ほどまで、一緒に学校で授業を受けていたはずだ。

無駄に長い髭を触りながら、国王陛下が立ち上がる。

「儂は第二十五代パラミットの国王だ！　召喚に応じよくぞ参った！　異世界の勇者たちよ！」

異世界の勇者と呼ばれ、混乱しない人間はいない。外装も自分たちのいる場所とは異なり、ファンタジー色が強くなっている。

「勇者……？　えーっと……」

少々勝気な風貌のある少女が、頬を掻いた。

「お主らを呼び出すため、神々が使う【異世界召喚】を模倣し、真似た極大魔法を使ったのだ。ぜひ魔王を倒し、この世界を救ってくれ！」

盛大な雰囲気を見せ、国王はにやりとほくそ笑む。

召喚された三人は困惑した様子を見せながらも、自分たちが異世界へやってきたのだと思う。

そのうちの一人、黒髪の青年が興奮気味に騒いだ。

「ここ、ファンタジーの世界か⁉」

「ちょっとキョウイチ、落ち着きなって……」

「何言ってんだよハルカ！　ここ異世界だぜ⁉　俺たち勇者に選ばれたんだ！」

「男ってほんと……はぁ」

呆れた様子をハルカが見せる。

その中で唯一、騒ぐ素振りのない三人目のエミが静かに周りを観察する。

実際、彼らは先ほどまで教室にいた。それがいきなりこんな場所へ飛ばされるなんて、ドッキリでも有り得ないことは分かっている。

国王陛下の側近が、淡々と告げる。

「異世界召喚された者たちには、特別な力が備わっています。その力でぜひ、この世界を魔王から救ってください」

特別な力……？　とハルカが首を傾げる。

「ステータス、と呼ぶと自身の能力が分かります。異世界人限定ですが」

各々三人はステータスを開き、自分の特別な能力を見る。

そちらに集中している間、側近が国王陛下に耳打ちした。

「エイヴリー領土の件ですが、領主の娘が調査に向かったものの報告が帰ってきておりません」

「例の聖域であった巨大な反応か。まるで【異世界召喚】と似た反応であったな」

「はい。追加で調査団を手配致しますか？」

「そちらはお主に判断を任せる。それよりも……今は異世界人を鍛えることが優先だ。彼らの特別なスキルならば、魔王や他国への牽制として十分役に立つだろう……」

聖域調査は、彼らにとって二の次の使命であった。

ふと、ハルカが手を挙げた。

「あの、私たちはこのあとどうすれば……？」

「お主ら勇者たちのために大きな催しを用意しておる。ついてくるがよい、ほっほっほ！」

そう高笑いして、国王陛下は踵《きびす》を返す。

「うおおっ！　異世界ってやっぱすげーんだな！」

そうテンションを高くして興奮するキョウイチに対して、ハルカは違った。

「……何か嫌な感じする。ねぇ、家に帰してよ」

先ほどまで自分たちがいた教室へ戻りたいと願うも、国王は困ったような面持ちをした。

「それはできぬ……そなたたちをこちらへ連れてくるのに、大量の魔力を使ったのだ……非情な話だとは分かっておるが……」

「じゃあ帰れないってこと!?」

「いや、帰る方法はある……」

帰る方法があるんだ！　と一瞬安堵《あんど》したハルカに対し、言いづらそうに国王が視線を落とした。

「この世界におる魔王を……倒すことじゃ」

この世界にいる魔王と、その四天王は人々を苦しめていた。されど、人間にその力はなく、解決策として異世界から特別な人を呼び出すことで倒してもらおうと考えていた。

＊

エイヴリー領土は気候変動があまりなく、落ち着いた天候の場所だという。聖域が近いから、雷雨や台風といったものから守られている。

ここに王都を構えたらいいんじゃないか、と思ったが、アリア曰く『あんな強い魔物がゴロゴロいる場所の近くに王都なんか置けない』と言われて、それもそうだと思う。

あくまで人の暮らす場所なんだ。多少の雨風があったとしても、安全な方がいい。

それでも市井は賑やかで、よく見るファンタジーの風情があった。

売られている植物は地球と変わらないものが多いんだけど、魚が違う。虹色の鱗を持つ魚だったり、キノコの生えた魚が売られたりしている。

文字も特殊で、僕には読むことができなかった。

文字が分からないのは致命的だ……何とか読む方法を見つけないと。

そう思うと同時に、アリアのような猫耳のある人はいなかった。

僕はアリアが来るまでの間、ステータスを確認する。

名前：秋元ヒロ
レベル：43　種族：半神
体力　59／59　知能　43／43　魔力　102／102
素早さ24／24　幸運　10／10　器用さ　40／40
【スキル】
・神眼　・神の絶対防御・健康　・異世界召喚

【魔法】
・防御　・破滅砲　・転移魔法　・認識阻害

……見ない。僕には破滅砲なんて恐ろしい魔法は見えない。

いらないよ！　こんな危ない魔法いらない……！

もっと日常で使えそうな魔法がたくさん欲しかった。アリアは戦闘系魔法が多いらしく、生活系ではないのだとか。

エイヴリー領土では生活魔法を使うお店もあるらしいし、そこをちょっと覗かせてもらおう。その方がいい。

「ヒロ！　ごめんね、待たせて」

「ううん、大丈夫。ウィンドもいたし」

ウィンドがピョコ、と懐から顔を出す。

白いウサギはやはり珍しいようで、あまり人目につかないようにしていた。

堕魔龍とはあれからお別れして、また機会があったら料理を振る舞う約束をした。

聖域にはいつでも戻れるしね。

「どこか行きたいところある？」

「うーん、じゃあ図書館ってあるかな」

「あるけど……」

「そこ行きたい」

アリアが「屋台とか景色じゃないのね」と不思議がっていたが、僕には【神眼】がある。

地球の本を読んで分かったことだが、この【神眼】は内容を読めばすべてのことを理解し、記憶できる。それを蓄積して、欲しい時に情報を引き出す能力も持っていた。

異世界の図書館に入り、僕は言語に関する本を読み漁る。

ペラペラと、本をめくって内容を読んでいく。

「え、もう数冊も読み終わったの!? ヒロ、それで内容分かるの?」

「うん、このジャンルの『人の言語解読書』は大体理解したよ」

「すごっ……何かコツとかあるの?」

言ってしまえば【神眼】の力ではあるのだけど、コツかぁ。

「目の動きを減らしたり、練習したりかな?」

「なるほど……やってみるわ!」

アリアが隣で僕のようにペラペラとめくって、内容を理解しようとしていた。

そうして一冊を読み終えると、頭を抱える。

「内容が全く分からない」

「アハハ……人にはそれぞれ得意不得意があるよ」

アリアは魔法が得意で、それで格別な地位を築いている。

僕は【神眼】がなければ、ただの人でしかない。

ともかく、これで異世界の言語は理解した。読むことも書くこともできる。

他に読んでおくべき本などはあるだろうが……アリアをここで拘束させるのも忍びない。

「じゃ、そろそろ行こっか」

「もういいの？　その速さならまだまだ読めるでしょ？」

やっぱり、アリアはいい子だ。僕がまだ読みたいと思うのを分かっている。

「他の場所も見たいんだ」

「そっか」

気を遣わせないよう、僕は自然に言う。図書館はあとで一人で来ればいいだけだもんね。

場所は覚えた。

ふと外へ出ると、巾着袋を持った冒険者たちがゾロゾロと行列をなしていた。

「何だろうあれ……」

アリアが教えてくれる。

「あぁ、あれは魔法洗濯《シャイン・クリーン》の業者待ちの行列かな」

「魔法洗濯《シャイン・クリーン》……？」

洗濯の一種だとは分かるんだけど、異世界にもあるんだ。

ほえ〜、と僕はほうけて眺めていた。

アリアがあっ、と気付く。

「そういえば、私たちって聖域にいた時からあまり服を洗ってないわよね……水浴びはしてたけど」

アリアが自分の服を嗅いで匂いを確認している。

何で僕からちょっと距離を取ったんだろう？

「あれ、臭くないわ」

「聖域って、汚れや匂いを空気が吸収してくれるんだ。だから常に清潔を維持できる」

これは僕も最初は臭くないのか悩まされたことだから、よく分かる。水浴びは精神的にスッキリするから、僕もよく入っていた。

温泉やお風呂が恋しい……けど、ないものをねだっても仕方ない。

「やっぱり凄いところね。普通の人たち、まぁ冒険者って、魔物の返り血や汚れが酷いのよ。衣服も動けば擦れるし蒸れる。だから、こまめに洗濯する人々が多いの」

流石のアリアだ、詳しい。

どんな効果があるんだろう。

僕はそれが気になって、洗濯屋さんの看板を読む。

おっ！　さっきは全く読めなかったけど、言語を勉強したから読めるぞ！　やった！

【魔法洗濯《シャイン・クリーン》】屋は、王国最高峰の洗濯業者！

「クリーン」で衣服の汚れを一掃し、清潔に保ちます！

「シャイン」によって衣服を新品同様の輝きに戻します！

お好みの匂いも可能！

お、思ってたよりも本格的……‼　異世界だと正直少し侮っていた。

「ヒロも気になる？」

「う、うん」

聖域ではない以上、僕も汗や汚れはついてしまう。

スキルで【絶対健康】はあるから病気にはならないものの、やはり気になる。

生活魔法というものは、大事だとよく理解しているし！

「ふふっ、このお店は私もよく使ってるから、知り合いなの。見れるけど、見る？」

「見たい！」

店内に案内してもらい、ソワソワとする。

随分と賑わっていて、本物の冒険者も間近で初めて見た。

ガヤガヤとした喧噪を耳にしながら、アリアが「ベリアおばさーん！」と声を張りあげた。

それによって冒険者の視線を浴びる。

「アリアだ……聖域から生きて帰ってきたのか⁉　あのヤバい森から⁉」

「それ俺も聞いた！　堕魔龍に襲われたって話だろ⁉　よく生きてたな、すげぇ……」

「あの横にいる奴は誰だろう、ちっこいな」

うう……色んな話し声が聞こえる。

あまり注目を浴びるのは得意じゃないんだけど。

アリアは慣れているようで、特に気にしてない。

すると、かなり太った中年くらいの女性が、お店の奥から現れる。

「あら～！　アリアちゃんじゃない！　聖域調査で連絡が取れなくなったって聞いて心配してたのよ～⁉」

お、おぉ……！　わぁ……凄い大きい人だなぁ。

体格は僕の何倍あるんだろう。

「お久しぶりです、ベリアおばさん」

「も～、相変わらず敬語なんか使って。いらないのに」

「お世話になってますから。あっ、こちら私の恩人のヒロです」

「ど、どうも……ヒロです」

すると、ベリアさんが僕の腕を掴《つか》んだ。

ヒョイっと浮かんで、僕はなすがままに抱きしめられてしまう。

「きゃ〜！　可愛い〜！」

「ふがっ」

「あぁベリアおばさん！」

アリアが止めに入る。

「あっ……ごめんなさいね。可愛くてつい」

「大丈夫？　ヒロ……ベリアおばさんは昔からこうなの」

「だ、大丈夫……」

ベリアさんが謝る。

く、苦しかった……懐に隠れていたウィンドが「死ぬかと思いました……」と小さな声で呟いていた。

ごめん、僕も同じこと思った。

「そうだ、お詫びと言っては何だけど、あなたたちの服を洗濯してあげるわよ」

ベリアさんはこの店の店長のようで、洗濯魔法を使えるそうだ。

でも、本当はお金を払って洗濯してもらうのだ。

「あの、僕はお金持ってないんですけど、いいんですか？」

僕がそう問いかけると、ベリアさんが苦笑いを浮かべた。

「こんな小さい子からお金なんか取らないわ。それに、アリアちゃんのお友達で恩人なんでしょう？　それならなおさら取れない」

「そ、そんなわけには行きません！　せめて何かお礼を……あっ！」

僕は懐の麻袋から、聖域の果実を取り出す。

「あの、こんなものでよければ……」

「あら！　これリンゴじゃないの！　色艶もいいし！」

「っ⁉」

アリアが目を見開く。小さな声で「あとでヒロにそれの凄さを教えよう……」と呟いていた。

僕は微笑みながら言う。

「美味しいですよ〜」

「ありがとうね、ヒロちゃん」

アリアが猫耳を隠していることで、生きづらい人生を歩んでいるんじゃないかと思っていたけど……こうして優しくて温かい人たちもいるんだ。

ここは温かいなぁ。

ベリアさんが舌で唇を濡らした。

「ほんと可愛い……可愛い服を着せたい」

「えっ」

感動、返して。

「ベリアおばさん、それが狙いですか……はぁ」

またも僕はヒョイっと軽く持ち上げられ、連れていかれてしまう。

僕の体重が軽すぎる気がする……いや、ベリアさんが力持ちなだけか。

「アリアちゃんは嫌がるから、困るのよね～。とっても美人なのに」

アリアが小さな声で呟く。

「着れるのなら、私だって着たい……」

強く外套を握りしめている。アリアが悩んでいるのは、やっぱり、獣人だからだろうか。

それからベリアさんに掴まった僕は、まずお風呂に入れてもらえた。

ここエイヴリー領土は温泉が湧いているらしく、王国内でも有数の温泉地なのだそうだ。

地中深くにある岩盤や地下水などから自然に湧き出ているようで、治癒効果や疲労を取る効果もあるのだとか。

【神眼】で見てみたところ、聖域の力も多少入っていた。たぶんだけど、聖域にある一部の水が流れているんだろう。

実際、表示にも出ている。


【効果】

回復効果（小）　10分
毒消し

久々のお風呂で心地よくなる。

ウィンドは入れないから、少しの間だけ聖域に戻ってもらっている。

流石に精霊とはいえ動物が入ると毛とかの処理が大変だ。

お風呂を終えて、着替える。そこへベリアさんがやってきた。

用意してもらった服は子ども用で、だいぶこの街に似合った服装になった。

「スッキリしたかい？」

「は、はい！　服までありがとうございます」

「その服が似合うと思ったのよ！　やっぱり可愛いわ〜！」

少し恥ずかしくなる。

正面から可愛いと言われるのはあまり慣れていない。

「色々とすみません……」

「いいのよいいのよ。着てたのは洗濯してるから、待っててちょーだい」

それから僕は洗濯魔法《シャイン・クリーン》を見せてもらった。

店の奥にある専用の部屋で、ベリアさんは一から説明して実践する。

洗濯魔法《シャイン・クリーン》の使い方は簡単で、水に魔法をかけ、泡を出現させる泡魔法。そのあとに汚れを吸い取る吸収魔法。

「複数の魔法を同時に……」

【神眼】で見ているから、その情報がすべて頭に入って記憶されていく。

洗濯魔法とは、複数の魔法を一つにまとめた名前なんだ。

僕が驚いていると、横からアリアが現れた。

「ヒロ、複数の魔法を使ってるってよく分かったね。流石」

「う、うん」

「ベリアおばさんは魔法使いの中でもかなり優秀でね。本当は私も洗濯魔法を使えた方が便利なんだけど、同時に魔法を使うって超高難易度技なの」

「慣れれば簡単さ。それに、アリアちゃんの方が色々と魔法使いとしては優秀さ」

アリアが照れる。

僕はこの世界の魔法使いの凄さはよく分からないが、アリアが凄いと思うのは同意する。

ベリアさんが僕の目の前で黒い種を取り出した。それを僕に渡す。

「ヒロちゃん、これ、見たことあるかい？」

「何ですか？　これ」

「毒甘種《カモ・カンミ》だよ。温泉湯が出る場所で育つんだ、ほら、たくさんあるだろ？」

「本当ですね……」

「これは香りづけに使ったりする。苦味があるから、それが魔物除けとかになるのさ。この店だとナンバーワンの人気の匂いさ」

なるほどなぁ……初めて聞いた名前の種だけど、やっぱり異世界にもそういうのがあるんだなぁ。


【神眼】で種を見る。

毒甘種
・とても甘い種。すり潰すと茶色くなり、チョコレートの原料になる。
毒がある。そのまま食べても非常に美味しい。


チョコレート……甘味！

もう何か月もチョコレートなんて食べてない！

「まぁ、人は絶対に食べちゃ――――」

「パクッ」

口の中に入れると、アーモンドのような噛み応えのあとにチョコレートの香りが口に広がる。

あ、甘い……！　凄く美味しい！

とても慌てた様子で、ベリアさんが僕の肩を揺さぶる。

「ひ、ヒロちゃん⁉　何で食べてるんだい⁉」

「えっ……」

「ヒロ！　早く吐き出さなきゃ！　ほら、げーって！」

二人とも何で焦ってるんだろうか……。

「ヒロ！　毒甘種は特別な毒があるの！　使用用途を間違えると、最悪死んじゃうこともあるのよ⁉」

えっ、そうなの。

凄く恐ろしいものじゃん……！

思わず、チョコレートという単語に惑わされて食べてしまった。

「げ、解毒薬で間に合うかい⁉」

「ま、待ってください！　僕は大丈夫なので……！」

立ち上がって仁王立ちする。

まさか、こんなにも二人が慌て出すとは思ってもいなかった。

「ほら、僕はこの通り大丈夫なので」

精一杯に微笑んで見せる。

聖域にいた時は、食べ物に恐怖を抱いていたが、きちんと神様のスキル【絶対健康】が発動している。

そのため、口に入った瞬間に毒は無効化されている。

でも、それを伝えるわけにもいかないよね……。

「え……どうして……？」

「そ、その……えーっと、あのー……」

それでなくても嘘とかつくの苦手なのに！　言い訳考えるのが難しい！

僕がどう伝えようか悩んでいると、二人は頬を引き攣らせる。

「ほ、本当にピンピンしてるね……ヒロちゃん何者だい？」

「その、実は毒には耐性があるんです！　昔よく毒のある食べ物食べてて！」

僕の頭を使って頑張ってひねり出した結果が、それだった。

だ、ダメかな。

アリアとベリアさんが、目尻に涙を溜める。

「……そうかい、そんな辛い場所で育ってきたんだね」

「聖域にも毒の植物があったのね……」

何とか誤魔化せたようで、安堵する。

「でも！　ヒロちゃん、もう食べちゃダメだからね！」

「は、はい……」

す、凄い威圧だ……。

でも、美味しかったのも事実だし……どうしよう。

チョコレート……チョコレート……。

「えへ、へへ……」

自然と手が毒甘種に伸びる。

毒甘種が入った籠ごと、アリアが遠ざけた。

「ダメ！　ヒロ！」

「……はい」

しょぼん、と少し落ち込む。

人前ではあまり食べない方がいいかもしれない。

「アリアちゃん……ヒロちゃんって凄く心配になる子だね」

「そうなんですよ。だから、一人ぼっちにするのが少し怖くて」

そんなことないもん。僕は一人でも生きていけるよ。

だけど……どうして毒があるだけで食べないんだろう。

「でもベリアさん。毒があっても、これだけ美味しかったら食べられそうな気がしますよ」

「まぁ……食べた人間はそう言って中毒になって死んでいったよ。ここ数十年、この種が輸入されるようになってから毒を抜く方法は解明されちゃいない」

ふむ、確かに用途的にも食用として運用は考えられていないそうだ。

「あの、毒を消せれば……食べても大丈夫なんですよね？」

「ヒロ、それは無理よ。解毒薬と一緒にすり合わせて作っても、苦味と解毒薬のアルコールみたいな匂いがついて、食べ物じゃなくなっちゃうし。かと言って、そのまま食べたあとに解毒薬なんて狂人がすること」

なるほど。確かに、アリアの言うことは分かった。

甘みを残しつつ、毒だけを抜ければいいんだ。

……できるかもしれない。

「僕に任せてよ」

軽く微笑んで、僕はとある考えを思いついた。

「でも、いくつか用意してほしいものがあります！」

＊

僕はベリアさんに、毒甘種に関する本を用意してもらっていた。

それに僕は聖域にいた時、【異世界召喚】で呼び出した本をジャンル関係なく読んでいる。

その時に、水で毒抜きできる植物もいくつか知った。身の回りにあるものだと、アジサイとかカラスウリがとても有名だ。

毒甘種は形も似ていたし、できるのではないかと思ったんだ。

「ヒロ、本当に水で毒抜きができるの……？」

「といっても、ただの水じゃダメなんだけどね」

僕は腕を捲り、用意してもらったお湯を見る。

「ここの温泉の源泉でいいんだっけ？　ヒロちゃん」

「はい、ありがとうございます」

一応聞いたのだが、このエイヴリー領土の温泉に解毒効果があることは誰も知らない様子だった。回復効果があることは分かっているとのこと。

【神眼】で見た僕だけが、そのことを知っているんだ。

用意してもらった源泉に、ポチャポチャと毒甘種を放り投げる。

それを見て、二人が驚く。

「ヒロ!?」

「あぁ！　そんなことしたら使い物にならなくなっちまうよ！」

「大丈夫です」

僕は至って平然として、毒甘種を掻き混ぜていく。

「僕も少し調べてみて、そしたら毒甘種は染みついてる毒だって分かったんです」

皮を剥いたり、種だけを取っても意味がない。染みついた汚れをいくら拭いても取れないのと同じだ。

「この温泉には解毒効果があって、ポーション特有のアルコールの匂いがないんです」

「そ、そうなのかい……？」

「はい」

まずは温泉水を染み込ませる。毒と中和されて、毒甘種の色が黒から白へ変化する。

アリアが叫ぶ。

「色が白に変わった!?」

「うん、毒が抜けたんだ」

お湯とかで毒抜きする植物もある。源泉なら、温度は十分だ。

【神眼】で正確な状態を常に把握する。

「でも、これで全部の毒が抜けたわけじゃない」

「そ、そうなの？」

僕は先ほど洗濯魔法で使っていたものを真似する。

「汚れを吸い取る吸収魔法で、毒を完全に分離させる」

【吸収魔法】……と唱える。

お湯の色が僅かに黒くなる。

その後、綺麗なお湯と入れ替える。

ベリアさんには見えないように僕はウィンドに懐から顔を出して、匂いを嗅いでもらった。

「問題ありません、ヒロ様。毒は完全に抜けております、絶対安全です」

「そっか、ありがとう」

これで完成だ。

僕は白くなった毒甘種を見せる。

「これで毒もないから、食べられるよ。あむ」

あれ、味が……。

「じゃあ、私も食べるわね……」

「アリアちゃんが食べるなら、まぁ」

アリアとベリアさんが恐る恐る毒甘種を食べる。

これは、僕が最初に食べた奴よりも大きく味が違う。

二人の肩が震える。

「……ッ！　甘い！　すっごく甘いわこれ！」

「本当さね！　こんな甘いのは初めてさ！」

毒抜きされて、苦味が消えたんだ。

ほえ～……チョコレートよりも甘いかも。

「ヒロ！　これなら売り物としても絶対売れるわ！」

「そ、そうかな？」

「アリアちゃんの言う通りさ！　まさか、こんな方法で毒抜きするなんて……」

毒消しの効果がある温泉と、洗濯魔法がなければできなかった。

ものの使い方次第で、こうしたこともできるんだ。

ベリアさんが呟く。

「普通、毒のある食べ物を食べようなんて狂人の考えなのに……」

アハハ……日本人とか、食べられないものを加工してこんにゃくとか作るからね。そういう場所で育ってきたから、思考と工夫で何とか食べられないか、と考える癖がついてしまっている。

「凄いんだね、ヒロちゃんは」

「ありがとうございます」

微笑んで答える。

ベリアさんが白くなった毒甘種をいくつか持つ。

「さて！　店の奴らにもちょっと振る舞ってくるかね！　これは知ってもらわないと！」

「あぁ、いや……あの、僕が作ったってことは……」

「もちろん伝えるさ！」

「いやそうじゃなくて……」

あんまり目立ちたくないから、それは秘密にしてと言おうと思ったが、ベリアさんは喜んで走っていってしまう。

「あっ……」

そんな僕を見て、アリアが「ふふっ」と軽く笑った。

＊

毒甘種の毒抜きをして、洗濯屋の従業員さんたちに質問攻めにあったり、褒められたりして慣れない時間が過ぎた。

夜もかなり過ぎていたから、聖域に一度帰ろうと思ったが、アリアやベリアさんたちのご厚意もあって泊めてもらうことになった。

久々のベッドについ「ふかふか～」と横になっていると、ウィンドが窮屈で運動不足だったのかカタカタと走り回っていた。

そのせいか、早朝にベリアさんが「ネズミでも入り込んだかね……？」と呟いていた。

「ほら、ヒロ。髪の毛ボサボサよ」

「あい……」

アリアが櫛で髪をとかしてくれる。

有難いことに、用意してもらった朝食を食べているのだけど……眠くて頭がモヤモヤする。

いつもはスッキリと起きるのだが、聖域のパワーもあったのだろう、普通の場所であるここだと、朝がとても辛い……。

元々朝起きるのは得意な方じゃないんだ。

ピョンッ、と僕の毛が跳ねる。

「ヒロの頭にあるアホ毛。結構強いわね」

「アホ毛……」

僕もそう言われて、一本だけあるアホ毛を直してみる。

ササッ……直らない。

まぁいいや。

「ほら、襟元もズレてるし……直さなきゃ」

「あむ……」

「ヒロちゃんって意外とダラしないのかね？」

あー……確かにそうかもしれない。

僕は一人暮らししていたといっても、家は風呂入って寝るだけの場所だった。髪の毛も簡単に安くカットしてしまう。

最低限のこと以外は仕事に費やしてきた。休日は寝てるばかりだし。

「ベリアおばさん、ヒロのそういう部分も可愛いんでしょ？」

「まぁ、分かる。世話したくなるね」

「僕は一人でも暮らしていけます……」

ムー、と頬を膨らませる。

僕をあまり子ども扱いしないでほしい。

これでもちゃんと大人なのだ。

アリアが口元を隠す。

「頬を膨らませるのも可愛い……！」

あぁ……これはもう何言ってもダメだ。諦めよう。

朝の眠気で、思考もぼんやりとするし……やっぱり朝は苦手だ。

それでも、ベリアさんの作ってくれた朝食は美味しかった。

ありがとうございますと感謝を述べて、僕は今日の目的をはっきりとさせる。

「身分証明書を作る！」

「私も同行するわね」

僕はこの街へ来て、王国へ来て……自分を証明するものを何も持っていない。

それがなければ関門やお店を立てたり、物を売ったりするのもダメなのだそうだ。毒甘種の毒抜きができるのは僕だけで、これをぜひ販売してほしいとたくさんの人に言われた。

その許可を得るためにも、身分証明書は必要なのだ。

それに、身分証明書がないと『お前は何者だ！　どこから来た！』と言われて、また困ってしまう。ここで作っちゃえば、『エイヴリー領土から来ました』と正々堂々と言える！

聖域から来た、とは言えないからね。

＊

冒険者ギルド。

僕とアリアは一緒に受付へ向かう。

受付嬢は何人もいて、冒険者とやり取りしている人もいたが、空いている人に声をかけた。

ふと、全員美人だなぁと思う。大手企業とかエントランスにいる人って凄い美人が多いから、それと同じだろうか。

「登録ですね。登録用紙に必要事項を記入してありますか？」

「はい、どうぞ」

僕は少し背伸びをして、受付に用紙を置く。身長の高い冒険者に合わせて作られているせいか、机が少し高いのだ。

「受け取りましたと、保証人は……アリアさん⁉」

受付嬢が顔を上げて、驚愕する。

アリアと街で過ごして分かったのだが、この街ではアリアはかなりの人気者らしい。そもそも、領主の娘でもあるし、魔法使いとしての才能も凄い。

尊敬や畏怖の目で見られるのは仕方のないことかもしれない。

「どうも～……」

「聖域調査で行方不明だと……！　無事に帰ってこられるとは、流石ですね！」

「アハハ……無事だったかどうかは何とも言えないけど。私一人じゃたぶん生きて帰ってこれなかったし」

ボソボソと呟くようにアリアが言う。それに対して受付嬢が首を傾げていた。

「とりあえずアリアさんの推薦でしたら、特に問題もありませんね……少々不備があるようですが、それもこちらで処理しておきます」

「ありがとう」

「構いません、アリアさんにはいつも助けられていますので。一応、試験として難度の低い依頼だけ受けてもらえると助かります」

　これといった難しい試験ではなく、書類手続きだけで簡単に終わってしまった。ただ、冒険者カードを得るには簡単な依頼をこなす必要がある。

　お弁当の配達依頼や、荷物運びの手伝い。ドブさらいなどがあるらしい。

　掲示板へ行ってどれにしようか見ていると、随分と古くなった依頼書を見つけた。

「これ……」

「あぁ、それね。肉食魔物《デーモンフラワー》の討伐ね」

　肉食系の植物の魔物で、自生した地域で多く繁殖するらしい。足が生えていたり、甘い匂いを出したりで獲物を誘い出す魔物だ。

　他にも人間や小動物にも影響を与えるみたいで、放置するとたくさん繁殖し、お肉が取れなくなってしまうらしい。

　難度は低いけど……何で放置されているんだろう。

「ここから距離が遠いのよ。それに報酬も美味しくないし」

「……でも、これ村の近くだよね」

　掲示板の近くには、エイヴリー領土付近の地図があった。

　依頼は被害に遭っている村から出ている。

　もちろん、冒険者たちも慈善活動で依頼を受けているわけじゃない。命がけの仕事もある。

でも……困ってる人がいるのも事実だ。

僕には関係のないことだけど……。

「アリア」

「……っ！　はぁ……分かったわ。ヒロらしいわね、付き合うわよ」

「ありがとう」

微笑んで感謝を言う。

僕が言う前に、アリアは言いたいことを理解したようで、依頼書を持っていく。

正直、僕の我儘《わがまま》ではあるのだが、せっかく依頼を受けるのなら困ってる人を助けたい。

……こういうところが、前世でよくなかったのかもしれないけど、そう簡単に直せることじゃない。

アリアが受付へと向かう。

本当にアリアには助かっている。僕が一人だったら、きっと街へやってくることもなかったし、ベリアさんたちにも会うことはなかった。

僕がアリアの後ろ姿を眺めていると、声をかけられた。

「ねぇ、何してるの」

振り返ると、僕とあまり身長の変わらない女の子がいた。

エルフ耳に、青髪をしている。魔法使い特有の杖とかは持っておらず、剣を腰に据えている。

……剣士、かな。

「掲示板、見えない」

「あ、すみません」

僕はそこからズレて、場所を譲る。

エルフ……初めて見た。この世界にもいるんだ……獣人がいることは知ってたけど、エルフまで……異世界凄い。

呑気にそう考えていると、エルフの女の子が「あっ」と声を漏らした。

「肉食魔物《デーモンフラワー》の依頼、なくなってる」

それからフリーズしたように、数秒ほど固まっていた。

「ヒロ～！　肉食魔物《デーモンフラワー》の依頼受けてきたわよ～」

依頼書を手に持って、アリアが寄ってくる。

猫耳と尻尾は隠しているが、僕にはまるで犬がボールを投げて運んでくるような感じに見えた。

肉食魔物、その単語にエルフの少女が反応する。

「……君たちが肉食魔物の依頼を受けるの？」

アリアが眉をひそめた。

「そ、そうだけど……何？」

「私も同行させて。報酬はいらない」

アリアが警戒し、僕の横に立つ。

そりゃ、いきなり知らない人にそんなこと言われても怖いよね。

「あの……僕は構わないんですけど、名前とか教えてもらえると」

そういうと、少し逡巡したのち、少女が口を開いた。

「テレサ」

それだけ言うと、テレサはまたも無表情で黙る。

何か訳アリなのは、僕でなくとも分かる。

詳しくそのことを問いただすつもりもない。

悪い人にも見えないし……まぁいっか。

「ダメ？」

「アリア、構わない？」

「まぁ、ヒロがいいなら……一時的にパーティーを組む申請してくるけど」

元より、人数が多い方が安全だ。

アリアは十分すぎるほど強いが、外では何が起こるか分からない。

「じゃあ、よろしくお願いします。テレサさん」

僕が手を伸ばす。

テレサがその手をゆっくりと掴んだ。

「……よろしく」

ボソボソと、少し小さな声でテレサが頷いた。

＊

僕たちは馬車に乗り、目的地へ向かう。

その道中、アリアが「ぐるるぅ～」とテレサを睨《にら》んでいた。

どうやら、僕とてっきり二人きりになれるのを楽しみにしていたようだ。

目的の場所へ到着し、僕は息を呑んだ。

初めての依頼ということもあって、僕はかなり緊張している。

依頼主が満足いくような結果を出さねば……クレームが来る……。

あわ、あわわ……クレームで土下座させられたりするの辛い。

「……ヒロ、何か変なことで緊張してない？」

「い、いや⁉　してないよ⁉」

僕の緊張をよそに、テレサはずかずかと足を進めていく。

「あ、あのエルフ……一人で勝手に！」

「まぁまぁ……」

僕たちもテレサに続く。

馬車の中で話を聞いたところによると、テレサは肉食魔物の素材が必要なのだとか。テレサがやっている研究にどうしても必要らしく、受けようと思ったら僕たちがちょうど受けていた。

しばらく三人で周辺を探索したものの、肉食魔物どころか魔物一匹すら遭遇することはなかった。

仕方なく、僕たちは焚火を囲むことにした。

「はぁ……依頼書はここのはずなんだけど、何で何もいないのかしら」

「被害に遭った村の人にも聞いてみたけど、もう近寄らないようになったから分からないって言ってたね」

「そうよね～」

昼食を済ませて、アリアから貸してもらった短剣を見る。

正直、剣とか握ったことはないし、戦いもよく分からない。

地道に依頼をこなして、お金を稼ぐ。

冒険者の生活というのは、意外と地味なんだなぁ、と思う。

もっと派手なものを想像していたけど……僕はこっちののんびりとした方が好きだ。

ふと、テレサが少し目を輝かせていた。

「あむ、美味しい」

「気に入ってもらえてよかった」

思わず微笑む。

僕の作った料理をテレサが頬張っていた。

「……久々のご飯」

「え……最後に食べたのいつ？」

「三日前？」

えぇ……僕も人のこと言えるわけじゃないけど、テレサも相当な人だ。

この世界のエルフはそういうものなのだろうか、と思ったがアリアも「えぇ……」と言っていたから、やはりテレサがおかしいだけだろう。

「何だか私、保護者の気分だわ」

「アリア、僕とあんまり歳変わらないでしょ」

実際、僕より少し身長が大きいくらいだ。

「そうだけどねぇ……」

「私は二人よりも年上、百歳ほど」

「エルフ基準だとまだ十二とかでしょ……あんた」

「バレた」

へぇ～……じゃあ、あんまり歳は変わらないのか。

百歳って聞いて、流石エルフ、と感心してしまった。

「さてと……私はもう少し周囲を見てくるから。ここで待ってて」

アリアがそう言って、席を立つ。

パチパチ……と、焚火が弾ける。

テレサが僕の名前を呼んだ。

「ヒロ」

「うん？　どうかした？」

「もっと美味しいもの、持ってないの」

もっと美味しいものか。テレサに出した料理も聖域で育てた作物だ。

それ以上のものとなると……あっ、アレがあった。

「これとか、どうかな」

「……白くなった毒甘種？」

「実は毒抜きに成功してさ、このまま食べても美味しいんだ」

「毒抜きできたの……!?　不可能って言われてた種を！」

無表情ばかりのテレサが、初めて驚愕の表情を浮かべた。

そ、それほど驚くことだろうか……。

「本当に……毒甘種を食べても大丈夫なの？」

「うん、どうぞ」

相当テレサは警戒しているようで、食べようか息を呑んで悩んでいる。

うーん……そりゃあ怖いか。じゃあ、僕も食べて見せよう。

パクッと食べる。

「あっ……本当に食べてる」

「美味しいよ」

「……昔、甘いの大好きで毒甘種食べて一週間死にかけた」

食中毒……みたいなものだろうか。

あぁ、僕も社会人の時、冷蔵庫にあった腐ったチャーシューを食べて一週間ダウンしてたっけ……年末休みが全部潰れて、しばらくチャーシューを見るだけで怖くなったことがある。

「もう、食べれないと思ってた」

テレサが毒甘種を食べた。

何度か噛んで、テレサの表情がとても柔らかくなった。

「……甘い。数十年ぶりに食べた」

「ふふっ、よかった」

僕はこうして人が喜ぶ顔が、実は好きなのかもしれない。

だから困ってる人を見ると助けたり……いらないことをしてしまうのかも。

そう、テレサの笑顔を見て思ってしまった。

「スンスン……ヒロ様」

懐から、ウィンドが顔を出した。テレサにはバレないようにだが、声が聞こえていたようで「?」と首を傾げていた。

「甘い匂いがします」

「毒甘種かな?」

「いえ、もっと甘い匂いです」

そう言われて、僕も鼻を鳴らす。

確かに……かなり甘い匂いがする。

毒甘種がアーモンドチョコならば、この匂いは砂糖のような匂いだ。

「甘いもの……ふへへ」

僕は甘いものにとても弱い。

前はそこまでではなかったのだが、この体になってから、味覚が強化されているらしく、甘いものはさらに甘く感じるようになっていた。

「ヒロ、どこ行くの」

フラフラとした足取りで、僕は甘い匂いを辿っていく。

焚火から少し離れた林に、その匂いの元凶を見つける。

筒状の大きな植物の中に、水が張っていた。

「……水？」

僕は神様のスキルをコピーしているから、病気や怪我を負うことはない。そのせいか、とりあえず食べれそうなら口にするか！　という精神が出来上がっていた。

大きな筒の中に入っているこの水が、凄く甘い匂いの元凶だ。

ペロッと舐めると、驚いた。

……これ、水飴みたい！　凄い！　この世界にもあるんだ！

「ふえ？」

指で掬《すく》って舐めていると、僕の目前に大きな影が迫る。

「あっ」

「パクッ」

肉食魔物は獲物を匂いで誘い捕食する。

僕はまんまとその匂いに釣られて、葉っぱのような植物にパクッとされていた。

それを見ていたテレサが呟く。

「……ヒロが食べられた」

冷静に「どう助けよう」とテレサが悩んでいると、周囲を探し終えたアリアが戻ってくる。

「やっぱりダメ。この辺り何もな……ぎゃぁぁぁっ⁉　ヒロが食べられてる⁉」

「どう助けるべきだと思う？」

「そんなの考える前にまず動きなさいよ！　ヒロ～！」

アリアが急いで駆け寄って僕を引っ張る。

「だ、大丈夫⁉　ヒロ！」

「うん！　凄く甘いよ！」

「そっちの話じゃない！　うぉぉっ抜けないい～！」

アリアの頑張りと、テレサの協力があり、肉食魔物からようやく抜け出せる。幸いにも、肉食魔物は酸で溶かすタイプの魔物だ。

牙はあるが、そこまで痛くはない。

もちろん、僕をパクッとした肉食魔物は討伐された。

「はぁ……はぁ……ほんと、ヒロってば目を放すと怖いんだから」

「ごめんなさい」

甘いものに釣られてしまうのは、僕の悪い癖だ。

これぱかりは直すことは簡単ではない。

「まぁでも……お陰で肉食魔物の群生地は分かったし」

そう、僕を食べようとした魔物は、湖を中心に生えていた。

おそらく、この一帯の魔物がいないのも、全部この魔物に食べられてしまったからだろう。

アリアが腕を捲る。

「討伐していきますか」

「うん！」

「おー」

肉食魔物はそれほど強くはなく、不意さえ突かれなければどういうことはない。

ただ……頻繁に僕がパクッとされて時間がかかってしまった。

それに釣られてテレサも「甘いの羨ましい……」と言って、わざとパクッとされていたのは言うまでもない。

「……やっぱり、私保護者だわ」

すべての肉食魔物を討伐し、素材を獲得した僕らはエイヴリー領土へ戻った。

アリアが相当疲れている……あとでちゃんと労わないと。

＊

あれから僕はしばらく図書館に籠って調べ物をしていた。この世界にある知識を蓄えておく必要があると思ったからだ。

そのお陰でたくさんのことを知ることができたし、この世界の魔物も把握することができた。肉食魔物の討伐で稼いだお金は少額だが、お世話になっているベリアさんに少しでも、と生活費として渡している。

人間の国で生活をするとお金がかかることくらい、僕も分かっている。『アリアちゃんの恩人からはもらえないよ』と言われたのだが、少しでも足しにしてくださいと頼んだ。

手に入れた冒険者カードを持って、僕は荒れた畑へやってきていた。

「ヒロ」

テレサがやってくる。

その両手にはたくさんの植物を持っていた。

「テレサ、来てくれたんだ」

「うん、ヒロのやることには興味がある」

人手が足りていないため、とても助かる。

畑を耕すというのは、簡単なことじゃない。

すると、数名の農民がやってくる。

「ヒロちゃん、儂らも手伝いにきたでな」

実はこの畑を借りる際、土地を管理している農民の人たちに相談していたのだ。この土地を持っている人に相談したら、誰も使ってないから、育ったものをちょっと分ける程度で貸してあげる、と言ってくれた。

「エイヴリー農業協会の皆さん！　ありがとうございます！」

「気にせんでええ。若い人ってのはみんな王都に行ったり、冒険者になったりして農業なんかやらんからなぁ。じゃから、儂らは嬉しいんじゃ」

ほっほっほ、とみんなが笑う。

そう、この領土はあまり農業が盛んではない。どちらかといえば貿易や温泉が多く、若い人は王都へ行く傾向があった。

「でも、ヒロちゃんや。こんなところの畑耕しても、あんまり作物育たんでしょ」

「そうですね……」

僕は悩む。

この世界にもじゃがいもや野菜はたくさんある。だけど、そのどれも聖域と比べて質はあまりよくない。

土の性質が違うのだから、当然なのだけれど……。

「じゃがいも育てるんかね？」

そう問われて、僕は首を横に振る。

それは僕も考えた。とりあえず育てるものといえばじゃがいもだ。

でも……僕は、この世界においてじゃがいもの質が悪い理由を知っている。

「じゃがいもは確かに育ちやすいですし、この土でも育つとは思います。ただ連作魔力障害を起こしやすい作物でもあるんです」

「連作……魔力障害？」

【神眼】、と心の中で唱える。

土の性質を細かく分析し、この世界の土が地球とは異なることを確認する。

この世界の土は魔力を含んでいるようで、魔力の量で野菜の育ちやすさが変わったりするそうだ。

かなり勝手が違うから、最初はよく分からなかった。

「このまま育てても、土の栄養分が足りないんです」

農民の人々が首を傾げる。

つまり、魔力のなくなった土で育てても、貧相な作物になってしまうのだ。

「たぶん、この使われなくなった畑もじゃがいもを育てていたんでしょうね。土の魔力が全くないです」

まず、土の性質をよくすることから始めなければならない。

「なるほど……」とテレサが納得し、口を開いた。

「でもヒロ、それは時間がかかる。土が自然によくなるには数年ほど……」

「そう。だから、僕はこれを使うんだ」

懐から、ミニサイズの肉食魔物を取り出す。

テレサも首を傾げた。

「どういうこと……？」

「肉食魔物は獲物を食べて、魔力を蓄える性質がある。その魔力で水飴を作り出してたんだ」

「まさか……」

テレサが気付いたようで、目を見開いた。

「うん、肉食魔物を植えて魔力を土に流す。そうすると、一級品の土ができるよ」

農民たちがざわめいた。

「なっ……！」

「魔物を使う⁉」

それほど変な発想だろうか。知識を蓄えて、その中から使えそうなものを選ぶ。あとは実験と結果の繰り返しだ。

「いやいや、できるはずないじゃろ」

「そうじゃなぁ……子どもの発想じゃぁなぁ……」

「とりあえず、やってみましょうよ」

僕は微笑んで答える。

ダメなら、違うことを試せばいい。

「まぁ、ヒロちゃんが言うなら」

「そうじゃなぁ」

肉食魔物を植えて、しばらく放置する。

テレサが呟く。

「……何か、土の色が変わったような」

「魔力が土に流れていってるんだ。肉食魔物って変な性質があってね、自分が育ってる土地が弱ってると、魔力を供給するようになる」

おそらく、元々は植物だからだ。土がよくなければ、根も強く張れないし、育たない。そのことを本能的に理解している。

土の手触りを確認し、【神眼】で状態を見た。

うん、悪くない。

「どうでしょうか？」

僕が農民たちにそう問いかけると、訝しげに土を触り始めた。

「……っ！　湿っとる！」

「確かにいい土の状態じゃ！」

「凄いええの！　これ！」

各々が驚いた面持ちで、土を触り始めた。

「確かにこの土なら、もっといい状態で作物が育つかもしれん……！」

「よ、よかった～……ダメだと言われたらどうしようかと」

アハハ、と乾いた笑い声を漏らした。

「儂らの畑にも導入してもいいかい⁉」

「じゃな！　ヒロちゃん！」

「へっ？」

農民たちが僕に集まり、詳しい方法を聞いてくる。

もちろん、出し惜しみなく情報を教えた。

この状態でなりやすい病気や、肉食魔物をどう管理すればいいか。危険じゃない状態で僕が管理し、提供することになった。

お礼、と言われてたくさんの野菜を持たされそうになり、断ったのだが『受け取ってくれ』と言われてもらってしまった。

お、多い……。

「ふへ～……疲れた」

ようやく一息つき、落ち着いて座るとその光景を眺めていたテレサが隣に座った。

「ヒロ、大人気」

「そんなことないよ」

「何で、貴重な知識と情報、教えたの？　お金持ちになれるくらい凄い情報だった」

どうして、と問われて確かにと思ってしまう。

これだけの知識と情報があれば、僕が一人で牛耳ってしまえば大金持ちだ。

でも、僕はお金に興味がない。この世界で成り上がりたいわけでもない。

「……何で、か」

お人好しであることが、前世では仇となった。ブラック企業で働き詰めとなり、人が怖いと思った時期もあった。

「テレサ、見てみなよ」

僕の視線の先を、テレサも見る。

そこには僕が作った土を触り「これなら他の作物も……」や「今年は息子にたくさん野菜を送れそうじゃな！」と喜ぶ姿があった。

異世界といえども、ゲームやアニメの世界じゃない。この世界で生きて、頑張ってる人たちがいる。

「裕福なら、富を共有する。辛い時は手を取り合って協力する……人って、そうやって生きてると思うんだ」

現代社会は自分のことで精一杯だ。

常に辛い世界だから、自分だけがどう幸福になるかばかり考えて、他人の幸せまで考えられない。

でも、それは誰も悪くはないんだ。自分が最優先なのは当然……だけど、少しでも他人を思いやることができれば、世界はよくなると思う。

テレサの視線が落ちる。

「ヒロができても、他の人間はそれができない」

「そう、簡単じゃない。簡単じゃなくても、誰かがまずやらないと」

「そうやって裏切られても？」

……見透かされたような気がした。

僕はそれで自滅した……けど、またこうして人を助けている。

「たぶん、何度裏切られてもやるかな。みんなを信じたいしさ」

心から出た笑みを見せる。テレサが驚いた。

誰かが人を信じて、協力しなければ何も始まらないんだ。

「……ヒロは、お人好しがすぎる。怖くなるほど」

お人好しだとは思うが、行きすぎているとは思っていない。

テレサが呟く。

「アリアが、ヒロを好いている気持ち、少し分かった」

「そうかな」

何かに納得したようで、テレサの表情は晴れていた。

これといって特別なことはしてないんだけど、好かれているのは純粋に嬉しい。

「ヒロは知ってると思うけど、アリアは獣人。私はエルフだからどうでもいいけど、この人間の国だと差別の対象……」

ありゃ、テレサ気付いてたんだ。

まぁ……僕の前だとアリアは気が緩むのか、たまにチラッと猫耳は見えていた。

「仲のいい人はいても、アリアは必ず距離を置いてる。誰も心から信頼できていないアリアが、ヒロには心を開いてる……それってかなり凄いこと」

そこまで言って、テレサが気付く。

「あっ。そういえば、アリアがいない」

「あ～……えーっと」

僕はアリアがいない理由を知っている。

「今日は、お父さんのところに行くみたいで」

「お父さんって……エイヴリー領土の領主?」

「うん、かなり気難しい人って、アリアが言ってた」

珍しく、少し重い表情でアリアは出かけていった。

……ちゃんと戻ってくればいいんだけど。

翌日、僕は毒甘種や肉食魔物の資料を集めて、まとめる作業をしていた。

みんなから欲しいと言われたが、やはり危険がないかどうか見極めなければならない。

もちろん、毒甘種は僕が絶対に毒抜きをしている。肉食魔物に関しても、人間にそこまで害はないけど……まだ研究の余地はある。

やることがあるのはとても楽しい。

「商業用のお手続きですね、身分証明書などはありますか？」

「はい！　これです」

冒険者カードを渡す。

僕はとりあえず、畑を耕して農作物を売るために、エイヴリー領土の開業手続きをしていた。

冒険者として活動し、依頼などを達成することでお金を得ることも考えたのだが……戦いや冒険はあまり得意じゃない。

肉食魔物の討伐で、散々アリアに迷惑かけちゃったしね……あれを通称パクパク事件と僕は呼んでいる。

身分証明書以外にも、身元保証人が必要で、アリアもまた一緒に来てくれていた。

一通り手続きを終えて、無事に承認してもらえた。

「これでヒロも商人ね」

「うん、アリアのお陰だよ」

「わ、私は別に何もしてないわよ……」

頬を掻きながら、アリアが照れる。

でも、アリアがいてくれたお陰で、色々とスムーズに進んだ。

街中を歩きながら、僕は問いかける。

「お父さんとはどうだった？」

「あ～、それについてなんだけどね……」

アリアが、どう言おうか悩んでいる素振りを見せる。

気になってはいたのだが、アリアは僕のことをどう報告したんだろ。詳しく聞こうか悩んだけど……あまり聞いてほしくなさそうな感じだったから、聞かなかった。

アリアは父親のことをあまり話そうとしない。アリア自身についてもだけど、でも、それは僕が言えたことではない。

「お父様が……ヒロを連れてこいって」

「えっ」

＊

アリア・エイヴリーは孤児の獣人だった。

パラミット王国は人間を主軸とした国であり、獣人やドワーフなどといった種族を見下していた。ただし、エルフ族は肌が白いということもあって、神聖な人種と言われている。

貿易で成り上がった国……パラミット王国・エイヴリー領土の主に、僕は謁見する。

エイヴリー屋敷内の扉前で、アリアが問いかける。

「……ヒロ、本当に大丈夫？　無理なら」

「ううん、大丈夫。毒甘種と肉食魔物の運用を認めてもらうには、確かに領主から確認を取るべきだったし」

そう、僕が呼び出された理由は、この二つだろう。

聖域に関することもあるのだろうけど、元々毒があり、食べられないと言われていたものを食べられるようにした。

魔物の特性を利用した畑の改良など……。

僕がこれからすることは、誰もしなかったこと。『説明してほしい』と呼び出されるのは、至極当然のことだ。

アリア曰く、「お父様はとても厳しい人」らしい。

厳しい、という言葉に僕の中だと理不尽に怒るブラック上司が思い浮かんだ。

……もしかして、そういう人だろうか。

僕は思わず身構える。

「私も一緒に行くから……無理しないでね？」

「うん」

アリアが隣にいてくれるのなら、それほど怖がる必要もないだろう。

アリアの性格は僕もよく知っている。彼女のような人物を育て上げた人なら、それほど悪い人でもないと思う。

そう思いたい……。

数回ノックし、返事を受け取って中に入る。

「「失礼します」」

僕とアリアの声が重なる。

室内に入ると掘りが深い黒髪の男性がいた。年齢は三十代後半くらい、だろうか。

その隣に、腰に剣を据えたエルフもいる。

「来たか、アリア」

アリアと呼ぶその声はとても聞き取りやすく、僕には感情を含んでいないように感じた。

怖い、という理由が少し分かった気がする。

「それで、君がヒロか」

「は、はい」

「私はエイヴリー領土の領主、ゾム・エイヴリーだ。覚えておくといい」

ゾムさんの青い双眸が鋭くなる。まるで値踏みされているようだ。

髪の色や目の色……顔つきもアリアとはかけ離れていて、優秀そうな印象を受けた。

ただ……その表情や声から感情が読み取れない。

いきなり怒鳴りつけてくるような人や、威圧してくる人とは全く違う怖さだ。

もう一人の男性、エルフが口を開いた。

「あら、随分と可愛らしい男の子ですね」

「私も少し驚いたよ、こんな小さい子が毒甘種や肉食魔物を使った商売をするとはな」

二人は知り合いのようで、少々仲がよさそうに見えた。

「座るといい。本題の時間だ」

僕は言われたまま腰をかける。

ふと、本題……？　と首を傾げた。

「彼は王都から派遣された調査団のシエルだ」

「どうも～」

エルフの男性は軽く手を振ってくれる。

シエルさん……か。

「僕はね、魔法使いの天才と呼ばれる覇道の一人アリアが、聖域付近で行方不明となったと報告を受けて特別に派遣されてきたんだ。でも、僕が到着する前に無事にアリアが帰ってきたようだからね」

なるほど、と僕は少し話が見えてくる。

「聖域でアリアが君に助けられた。僕はそれについて詳しく聞きたいのさ……あの人間が生きられない害獣だらけの森で、どうやって生き延びて、アリアとエイヴリー領土に来たのか」

サー……と、シエルさんの瞳が暗くなる。

空気が重い。

この人……笑顔だけど、目が笑ってない。

値踏みされているどころか、僕のことを探りに来ている。

咄嗟にアリアが僕を庇《かば》った。

「シエルさん、ヒロを威圧しないでください」

すると、シエルの強張っていた表情が緩む。

「あっ、ごめんよ。そんなつもりじゃなくて」

「アリアの言う通りだ。お前……子ども相手だぞ」

「ゾムまで⁉　僕の味方はいないのかい⁉」

あれ……と、意外に思う。

てっきり、ゾムさんも厳しく僕を詰めてくるのかと思った。

「シエル、先ほども話したはずだ。ヒロは聖域付近で捨てられていた赤子であり、運よく結界内に入ることができた。聖域の力で生き延びて育ち、偶然アリアを助けた」

あっ、僕がアリアに教えた話だ。

正直に転生してきましたとは言えず、僕はそういうエピソードを作っていた。

「でもね～、ゾム。そんな偶然、あると思うかい？」

「何だ、信じられないか」

「当然だろう？」

ゾムさんはアリアの言葉を信じているようで、シエルさんにはっきりと告げていた。

肝心のアリアは、二人の間に割って入ることができない様子だった。

確かに……この二人は何か違う意味で怖い。

「はぁ……仕方ない。上には僕が上手に伝えておくよ」

「そうしてくれ」

「はは！　貸しだからね、ゾム」

シエルさんは簡単に引き下がり、立ち上がる。

「アリア。シエルはお前のために派遣されたお方だ。エイヴリー領土を案内してやりなさい」

「わ、分かりました。お父様」

アリアが返事をするも、僕に視線を向ける。

「ヒロは少し私と話がある。先に行きなさい」

「で、でも……」

「何もしない」

不安そうになりながら、アリアが離れていく。

僕とゾムさんだけの空間はかなり重く、ふと気難しい上司と会議室で二人っきり、みたいな地獄を思い出しかけた。

ただ、ゾムさんが僕にはそこまで悪い人には見えなかった。

「ヒロ、はっきり言わせてもらう」

「……っ！　はい！」

僕は身構えた。

やはり、聖域でのことが疑われているのかな。

アリアを助けたとはいえ、やっぱり信じられないという反応が当たり前だ。

実際、シエルさんも納得していなかった。この中でも一番賢そうなゾムさんが納得しないのも当然……。

すると、予想外な言葉が届く。

「ヒロ。君は一体、娘のアリアとはどういった関係だ？」

ゾムさんにそう問われて、呆気にとられてしまう。

「アリアとは友達だと思ってますけど……」

実際、僕はそう思っているから、ちゃんと言葉にする。

しかし、ゾムさんの顔が近寄ってくる。

「本当かね」

「ほ、本当です……」

な、何。何でこんな詰められてるのさ、僕。

もっと聖域についての話かと思ったのだが、意外とユニークな人なのかもしれない。

「アリアも、僕のことは特別視してないとは思いますよ……友達だと思ってるかと」

「ふむ……」

ゾムさんが悩む素振りを見せた。

よくお世話をしに来てくれるが、それは近所のお姉さんが子どもを可愛がるのと同じだと思っている。何を言っても『可愛い……！』と言ってくるし。

従弟を可愛がるようなものだろう。

「それにしては、屋敷にいる時のアリアは君の話ばかりだ」

「そうなんですか？」

「あぁ、『ヒロのここがね』や『こんなことがあったんだけどね』とメイドによく話している。

私ではなくて、メイドにだ」

アハハ……知らなかった。というか、メイドって強調してくるんだ……。

屋敷だともっと寡黙だと思っていたから、少し安心した。

ゾムさんも怖い人というよりも、不器用な人というイメージがついてきた。

「何だ、恋人ではないのか……」

ゾムさんが髭を触る。

表情が硬いせいで、喜んでいるようにも、落ち込んでいるようにも見える。

「失礼だが、私も君のことは調べさせてもらった。もちろん、何も出てこず、街の評判だけだがね」

そういって、僕の前に紙を置いた。集めた資料らしい。

「評判は素晴らしいし、私も認めている。しかし……君は、獣人に対して差別意識はないのか？」

「ありませんよ。僕はアリアの猫耳を可愛いと思いますし」

あっ……父親の前で言うべきじゃない言葉だった。

可愛い、が余計かなと思ってゾムさんの顔色を窺う。

「そうか……可愛いか」

「は、はい」

「知っていると思うが、アリアは獣人だ。私は人間だがね」

知っている。アリアが孤児の獣人で、ゾムさんが拾って育てたことも本人から聞いた。

「正体を隠しているアリアが、誰かに心を開くなんてのは凄いことだ」

少し照れる。

テレサにも言われたが、僕は特別なことなんてしていない。

「少し安心したのだ。だからヒロ、君には感謝している」

「あ、ありがとうございます……」

「だが」

ゾムさんの視線が鋭くなる。

「私には君が子どもには見えない」

思わず背筋が伸びる。

自分の正体を隠しているとはいえ、ここまではっきりと言われたのは初めてだ。

ど、どう答えよう……。

本当のことを話してしまえば、きっと僕はどこかへ連れていかれそうな気がしていた。

アリアが僕を探しに来た本当の理由は、王都からの要請だ。何を目的として僕を探しているのかは分からない……だから、隠そうとしてしまった。

ゾムさんがゆっくりと言う。

「いや、やはり言わなくていい。君が何者でも、アリアの友達に変わりはない」

「いい、んですか？　僕みたいな素性の分からない人間なんか」

「言っただろう。君のことは調べた。人付き合いがよく、お人好しの一面がある。そのくせ、自分の利益は優先しない……損をするタイプの人間だ」

「そ、損をするタイプ……」

事実だから一切言い返せない……。

「そんな人間が正体を隠すのには理由がある。だから、私は君がアリアの友達でよかったと思っている」

「……っ！」

「これからも、アリアの傍にいてやってほしい」

ゾムさんが静かに頭を下げた。

アリアは『お父様は怖い人』と言っていたが、そんなことはないと思ってしまう。

この人はアリアのことが心配で、つい厳しくしてしまうような……そんな人なんじゃないんだろうか。

「どうか頭を上げてください、ゾムさん。僕の方こそ、アリアには助けられているんです」

「そうか……」

「アリアがいなかったら、きっとここに僕はいませんから」

聖域で暮らすのも楽しいけど、ここで暮らすのも楽しい。

そのことを教えてくれたのも支えてくれたのもアリアなのだ。

それを忘れてはいけない。

「……そうか。なら、アリアのことを頼むぞ。友達としてな」

釘を刺された気がする……。

「まぁ、君が本当に異世界人であれば大事ではあったな。本当ならばな」

「ど、どういうことですか……？」

「王都では異世界から数人の勇者が召喚されたのだ。この世界において、異世界人というのは特別な力を持っている」

異世界から召喚された!?

ってことは、僕と同じような地球からやってきた人だろうか……。

唐突に、とんでもないことを聞かされて驚く。

「アリアもそうだが……私もあまり王都に対していい印象を抱いてはいない。奴らは腹黒い……先ほどのエルフの剣士、シエルはまだマシな方だ。異世界人は利用される可能性が高いのだ」

「……なるほど」

「だから、私とシエルで『聖域を調査したが、特に何もなかった』と報告させてもらう」

……あぁ、ゾムさん。やっぱりあなたは薄々気付いてますよね。

僕が、異世界人じゃないかって。

でも、それを隠してくれる。アリアと一緒で……いや、アリアを育てた人だからこそ、その優しさが分かってしまう。

「ありがとうございます」

そう、僕も頭を下げた。


ゾムさんとの会話を終えて数日後、僕たちは鍛冶屋に足を運んでいた。

エイヴリー領土にある鍛冶屋で、僕とアリア、それとテレサも一緒に来ている。

麻袋を手に持ち、フンッと鼻を鳴らす。

「ヒロ、随分と嬉しそう」

「そりゃそうだよ、見てよこのお金！　ちょっとだけど自分で稼いだんだ～！」

農業の知識や毒甘種の取引などで、少額だが儲けを得た。

僕も頑張って働いて、お金を稼いでいた。冒険者ギルドで依頼を受けて、討伐やら薬草採取で稼ぐことも考えたのだけど……あまり戦闘向きのスキルや能力があるわけじゃない。

せいぜい、絶対に死なない健康な体があるくらいだ。

今の装備品で無茶をすればアリアが心配してしまうだろうし、他の人にも迷惑をかけてしまう。

アリアが軽く笑う。

「そのお金でいい装備を買って、ちゃんとした依頼を受けようって話よね」

「うん」

僕は自前の装備というものを持っておらず、肉食魔物を討伐しに行った時も、アリアから短剣を借りていた。

流石にいつまでも、アリアの短剣を借りているわけにはいかない。

テレサが半眼になる。

「それで私か」

「剣士なら、いい鍛冶屋も知ってるでしょ？」

「まぁ……一応」

そういうわけで、僕たちはこの鍛冶屋に来ていた。

三人で店内に入る。入店を知らせるベルが鳴り響くと、奥のカウンターから「いらっしゃい」と声が聞こえた。

そうしてマネキンに着せられている防具や、壁に飾られている剣などに驚いた。

そ、想像していた以上に高い……。

【神眼】で確認したが、どれも質がいい。その代わり値段もかなり高額だ。テレサはこんな高いところに通っているんだ。凄いな……。

「おや、あなたたちは」

ふと、聞いたことのある声を耳にした。

そちらに視線を向けると、数日前にゾムさんの屋敷で会ったシエルさんがいた。

「あれ、シエルさん？」

「はい、シエルですよ～」

ニコニコと笑って、気さくな感じにシエルさんが手を振ってくれた。そうして、エルフ耳がピクピクと動いた。

まさか、シエルさんもこのお店にいたとは。腰に据えている剣がないから、手入れしてもらっているのだろうか。

シエルさんも合流し、剣を買いに来たことを伝えると、苦笑いをされた。

「ヒロくんの剣か～……アハハ、ここはあまりオススメできないなぁ」

「え、そうなんですか？」

「うん」

意外な発言だった。

てっきりシエルさんも通っているなら、『ここ最高だよ！』と言われるのだと思っていた。

「見てごらんよ、例えばこれ」

そう言って、一本の剣を渡される。

軽々と持ち上げた剣を、僕に渡す。

「お、重い……」

「そう、ここは子どもの君じゃ扱えない剣ばかりだ。それにA等級のアミダス金剛で作られているから、とても高いんだ」

値段を見て、僕とアリアが「えっ⁉」と声を漏らした。

「ぼ、僕の稼いだお金の百倍……」

「農民なら五年は余裕で生活できる……」

まるで高級な時計店に来てしまった気分になる。

「確かに、安いものもあるんだけど……下手に安いものを買ってもすぐに折れてしまう。剣は消耗品だが、何十年も使えた方が色々と安上がりなのさ」

思わず頷いてしまう。

僕にもその経験はよく分かるのだ。実際、安いものを買って半年で壊れてまた買い直す……なんてのはよくある。

同じエルフであるテレサが、少々不機嫌そうに頬を膨らませていた。

「ここは、私がオススメしたお店」

「おぉ……君はエルフか！　同種と会うのは久々だよ」

「このお店はダメなの」

「ダメだよ、アハハ」

シエルさんが飄々と笑う。

とても機嫌が悪そうに、テレサが半眼で睨みつけていた。

わ、わぁ……火花が見える……。

僕が割って入る。

「で、でも！　シエルさんも使ってますよね……？　ここ」

「うん？　あぁ、まぁいいお店であることは間違いないんだ。ただ、駆け出しが来るところじゃない。王都なら安くてもいい剣は多いんだけど、ここはド田舎だからね。まぁ、特に取柄もない田舎なんてそんなもんさ、ハハハ」

エイヴリー領土をド田舎と言われ、アリアが僅かに目を鋭くさせた。

こ、この人平然と煽ってる……！　でも、ニコニコしてるから、本人にその気はないんだろう……。

「あれ、もしかして女性陣に睨まれてる？」

「そりゃ睨まれます……」

僕が呆れてため息を漏らす。

テレサは通ずるところがあるようで、弁明のようなことを言ってくれた。

「ヒロくん、エルフは金銭感覚が狂いやすく、皆の常識ともズレてしまうことは多い」

「そうなんだ」

シエルさんがうんうん、と頷く。

「そうさ。百年前の常識が今じゃ通じないとか、当然だろ？　長生きする影響さ」

あぁ……なるほど。

「ただ……僕ははっきりと言っちゃうタイプでね。初対面でも、ヒロを怖がらせたのを覚えてるかな」

そういえば『シエルさん、ヒロを威圧しないでください』とアリアが庇ってくれた。

あとでちゃんとお礼しないと……凄く嬉しかったし。

「あれはすまなかった。怖がらせるつもりはなかったんだ」

「いえいえ！　大丈夫です！　ああやって聞くのは当然のことだと思うので」

シエルさんもそれが仕事なのだ。実際、今のシエルさんはとても柔らかい感じを受ける。

プライベートでは、かなり気さくな人なのだろう。

「ふむ……そうか。じゃあ、お詫びと言っては何だけど……コツを教えよう」

「コツ、ですか？」

「そう。駆け出し冒険者が剣を安く買うには、中古がいい」

えっ……てっきり、新品がいいのだとばかり思っていた。

ものは基本的に新品で買うことが多いし……あぁいやでも、中古でも大丈夫ならそれを買うこともあった。会社で使う道具とか。

「防具やアイテムは新品の方がいいけどね。着慣れていけばいくほど、防具は身に馴染む。でも、剣は中古でもいいのさ。例えば、さっきヒロくんが持った剣だが……中古だと十分の一の金額になる」

「そ、そんなに⁉」

「そうだよ。もちろん刃こぼれやら多少の傷はあるけど……品質自体はとてもいいんだ。それに、元値が高い剣は手入れがかなり行き届いていることが多い」

確かに確かに……と納得してしまう。

高い剣を買ったなら、それをしっかり手入れしようと思うのは当然だ。長年手入れして、大切に扱われてきたのだから、そんなに質が落ちているとも思えない。

「中古なら安いし折れても問題ない。しかも……想いが詰まってる」

感慨深そうに、シエルさんは剣を眺める。

想い……僕にはその意味がよく分からなかった。

剣士特有の何かだろうか。

アリアが「ふーん」と言って続けた。

「じゃあ、中古を買えばいいってことね」

「ってことで、僕からプレゼントさせてほしい。ヒロくんへの謝罪さ」

僕たち三人で首を傾げる。

「ヒロくんに僕の使っていない短剣をあげるよ」

「いいんですか？」

「もちろん。あっ、質は安心して、A等級のアミダス金剛だから。ちゃんと手入れしてるから、とてもいい短剣だよ」

確か本で読んだ……この世界の鉱石には等級がある。

その中でも上質の部類に入るのがアミダス金剛だ。

「そういうことで、エイヴリー領土にある鍛錬場行ってみるかい？」

空気が変わる。

「ちょっと指導してあげるよ……風王精霊《エアリエル》の加護を受けている僕がね」


僕たちが揃って鍛錬場に足を踏み入れる。

ここは冒険者ギルドから近く、駆け出しの冒険者や手練れの冒険者が集まっていた。

パチン、パチンと木剣が弾け合う音が響く。

「結構、激しいね。アリアもよく来てたりするの？」

「私は魔法使いだし、剣は使わないの。魔法使いは魔法使いで鍛錬場があるのよ？」

魔法使い専用の場所があるんだ。

ほえ～、と呟く。すると「か、可愛い……！」とアリアに言われるが、僕はもう反応しない。

テレサはたまに来ているようで、僕の知らない人たちから挨拶されていた。

「テレサ！　また俺たちと稽古してくれよ！」

「お前の剣は綺麗だからなぁ、参考になるぜ」

褒められて必要とされているのに、テレサは表情を変えず「気が向いたらね」と返事をしていた。

誰に対しても、テレサは変わらないらしい。

「木剣はこれでいいかな……ほいっ」

シエルさんが数本の木剣を投げてくる。

僕とテレサが受け取る。

「私も……？」

「まず、ちゃんとした戦いを見せてあげた方がいいだろう？」

「まぁ、そうだけど」

いきなり訓練、といってもまずは形を見せてくれるらしい。

【神眼】があるから、たぶんだけど……一回見たら全部覚えてしまうだろう。

二人の訓練は激しかった。ぶつかった時の音はもはや、木剣の音というよりも鈍器のような音だった。

周りの冒険者たちもそれを見て、「すげぇ……」と声を漏らす。

アリアも素直にそれを認める。

「流石はエルフの剣士ね」

僕は知っていた。図書館に一人でこもっていた時に、エルフの文献を読んだのだ。

エルフは本来、魔法がとても優秀だ。その種族であるテレサとシエルさんが魔法を使わず、剣士になった理由――。

それは、魔力がない者だから。

エルフの一族は、魔法が使えない者を追放する。一族の恥として。

だから、彼らは身を守るために剣を極める。

「ストップ。ここまでだよ」

「……そう」

テレサの頬から汗が流れ落ちる。

「いやぁ、いい剣筋だね。うん、悪くない」

「……あなたは汗一つ掻いてない」

「そんなことないよ、アハハ」

見ていた僕でも分かる。シエルさんはずっと防戦だった。あえて攻撃しないように動き、分かりやすく僕に見せてくれた。

攻撃の仕方はテレサを参考に、防御の仕方はシエルさんを参考にしろということなのだろう。

【神眼】で大抵のことは覚えた。あとは体がついてこれるかどうか……。

「さぁ、ヒロくん。やってみようか」

ニコニコと笑って、シエルさんが迎えてくれる。

初めてのことだし、そんな気張る必要はない。

よし、頑張ってみよう！

周りにいた冒険者たちの声が聞こえてくる。

「あのチビ、ベリアの洗濯屋でお世話になってる奴じゃないか？　毒甘種の完全な毒抜きに成功したとかいう」

「……あれ作ったの、あの子どもか。凄いな」

僕の評判に少し照れながら、木剣を握る。

少し離れた場所にいたアリアが睨む。

「ヒロに怪我させたら殺す……」

「アリア、殺気ダメ。ちゃんと隠して、私もアイツ嫌い。手加減された」

シエルが頬を引き攣らせた。

「ぼ、僕嫌われすぎじゃないかい……？」

「シエルさんのこと僕は好きですよ」

「ありがとうヒロくん……やっぱり君は優しいな」

シエルさんが剣を構える。

「さぁ、おいで。初めてなんだろ？　好きなようにやってごらん」

僕はその言葉に甘えることにした。

＊

名前：秋元ヒロ
レベル：55　種族：半神
体力　87／87　知能　60／60　魔力　202／202
素早さ　43／43　幸運　10／10　器用さ　59／59
【スキル】
・神眼　・神の絶対防御・健康　・異世界召喚

【魔法】

・防御　・破滅砲　・転移魔法　・認識阻害　・吸収魔法　・洗濯魔法　・錬金魔法

＊

僕が地面を蹴る。

子どもながらの俊敏で、小さな的だ。

「うん！　とても速いね！」

パンッ‼　と木剣がぶつかる。

二撃、三撃目と剣が交わる。

「動きはいいけど、軽い。ほいっ」

シエルさんが軽く剣を押し返す。

「わわっ！」

僕は簡単に力負けして、尻餅をつく。

「テレサの動きにとても近かったよ。ヒロくんは凄いね」

この世界に来て初めて人と剣を交えた。

そもそも、地球でも人と戦うことなんてなかった。

新しい感覚に、体がついてこれても頭が遅い。これが人ではなく魔物だったら、もっと勝手が違うのだろう。

シエルが僕に手を伸ばす。

「大丈夫。ゆっくりやっていこう」

「は、はい！」

「素直でよろしい。僕もしばらくはエイヴリー領土にいるから、ここに来れば訓練してあげるよ」

とても有難い申し出に、もちろんお願いする。

この世界で生きていくのなら、魔法や剣は絶対に必要なことだ。

多少なりとも扱えた方がいいのは間違いない。

僕を心配そうに見ていたアリアや周りの冒険者たちが集まってくる。

「頑張れよ～！　チビ！」

「ち、チビ……」

「俺もガキの頃はああいう駆け出しだったなぁ……応援したくなるぜ」

意外といい人たちばかりで、どう剣を握るか、腰の使い方、相手との読み合いなど……剣で必要なことを多く教えてくれた。

＊

その日の夜、ウィンドが僕の頭に乗る。ムシャムシャとニンジンを食べながら、僕のしていることに興味を示した。

ベリアさんから借りた一室は、書物や図書館から借りてきた魔法の本がたくさん積まれていた。

「何をしているのですか？　ヒロ様」

「うんとね、魔法の開発」

「魔法の開発……ですか？」

「うん。アリアが使ってた認識阻害の魔法の改良だよ」

僕は認識阻害の魔法を研究していた。

「いつもアリアにはお世話になってるからさ。何かできないかなって」

「でも、認識阻害で何をするんですか？」

「フフッ、それは秘密」

ウィンドが首を傾げる。

これは僕からのプレゼントなのだ。

せめて、僕も何かアリアの力になりたい。

可愛がられるだけの子どもじゃないんだ、と証明すればアリアも僕を一人前として認めるはずだ。

可愛いと言われるのは嫌じゃないんだけど……やっぱり、恥ずかしいし。

認識阻害の魔法を解析し、パーツごとに組分ける。

そうしていじり、僕オリジナルの魔法を作り上げる。

「もうちょっと時間がかかるかなぁ……」

アリアを驚かせよう。

人を喜ばせるために、僕はこの【神眼】を使うんだ。

*

冒険者ギルドで受付嬢が、依頼書の貼ってある掲示板に向かって叫んだ。

「あれ……あれ⁉」

受付嬢カーミラの驚きに、他の受付嬢も集まってくる。

「どうしたの？」

「い、今まで気付かなかったけど見てよこれ……」

「何の変哲もないけど……そんな驚くようなこと、んっ⁉」

カーミラたちは気付いてしまう。

ほとんど誰も受けることのない肉食魔物の依頼が、すべてなくなっていた。

こんなことは初めてだった。

カーミラが呟く。

「一体、誰があんな利益の少ない魔物を狩ってるんだろ……」

大量に肉食魔物を狩る謎の冒険者がいる、と徐々にその噂《うわさ》は広がっていた。

その日の依頼書をカーミラが貼り終えて、受付に立つ。すると、小さい少年が依頼書を受付に置いた。

「すみません。この依頼、お願いします」

「あっ、はい！」

カーミラは彼を知っている。ヒロという子どもで、最近冒険者になったばかりの少年だ。覇道の魔法使いアリアと仲がよく、冒険者カードを作る時にもカーミラが担当した。

ヒロの人気は受付嬢たちの中でも広まりつつあり、可愛いと評判の子だ。あまり怪我や危険な目にあってほしくないから、難度の低い依頼だけを選んでもらうようにしている。

「今日もお仕事ですか？」

「はい！　ベリアさんのところでお世話になってるので、少しでもお金を稼いで恩返しができればと……」

ヒロが照れて頬を掻く。

カーミラが思う。

(可愛い……)

「僕的には、もっと報酬の多い依頼とかをこなした方が、お金は稼げるとは思うんですけど……まだ怖くて」

「いいえ、それでいいんです。無茶をせず、地道に簡単な依頼を稼ぐことも大事ですよ」

カーミラがヒロの依頼書に目を通す。

「えーっと、肉食魔物の……討伐」

(あれ？　これ、今日貼った奴……)

ふと、先ほどの『肉食魔物の依頼がないこと』を思い出す。

(最近ヒロさんはずっと来ているし……もしかして、彼が全部受けていたの？)

実際、肉食魔物の討伐はあまり報酬がよくない。薬草採取や荷物運びといった雑用の方が稼げることだってある。

それでカーミラは気になってしまった。

「ヒロさん、こればかり受けてますけど……何か理由があるんですか？」

「え〜っと……実は肉食魔物の研究をしてて」

「に、肉食魔物の研究⁉」

思わず声が大きくなる。ハッと気付いて口元を隠す。

「き、聞いてよければ何でそんなことを……？」

「うーん……説明するよりも見せた方が早いかな……」

ヒロは何かを悩んだのち、カーミラに笑顔を向ける。

「今度、僕の畑で収穫祭をやるので、よかったらカーミラさんも来てください！」

「か、構いませんが……」

「そこで教えます。楽しみにしててくださいね」

ヒロは微笑んで、冒険者ギルドが承諾した依頼書を持っていく。

カーミラがその後ろ姿を眺めていると、赤髪の冒険者と目が合う。

アリアだ。

「ヒロ、何か話してたけどどうしたの？」

「カーミラさんも収穫祭に誘ったんだ。いつもお世話になってるしさ」

「ふーん……女の人を誘ったのね……ふーん」

何やら含みを感じさせる声音だったが、ヒロは気付いていない様子だった。

カーミラは「あの子……やっぱり不思議」と呟く。

他の依頼書を持った冒険者から声をかけられる。

冒険者ギルド内におけるヒロの人気は、かなり高まりつつあった。

ふと視線に気付き、周りを見ると他の受付嬢から「いいなぁ……」や「ヒロちゃんに誘われて羨ましい……」といった言葉が向けられていた。

「へっ⁉　あぁはい！　依頼ですね！」

「あの〜」

＊

異世界に勇者として召喚された三人組がいた。

彼らが召喚されたのはヒロが現れた一か月後である。

王都の王城で、何不自由のない生活を送ることができていた。

厳しい訓練、といったものはなく、ほどほどの訓練が勇者たちには課されていた。

勇者の三人は……黒髪の青年キョウイチと、活発的なハルカ。それに眼鏡をかけたエミだ。

ハルカはその訓練に、疑問を抱いていた。

「ねぇ、国王様。私たち世界を救うんでしょ？　こんなスローペースな訓練でいいの？」

「よいよい、勇者たちは大事な存在じゃ。無茶な訓練で怪我でもされた方が大変だからの」

「ふーん……そう」

ハルカの脇をキョウイチが突く。

「ハルカは心配性だからな！」

「あんたが楽観的すぎんのよ……」

「俺は剣聖のスキル持ちで、特に訓練しなくても剣なら王国最強だしな！」

「はいはい……」

すると、国王陛下が従者と小さな声で話す。

「分かった……勇者殿、悪いが儂は仕事があるのでな、皆で楽しく食べてくれ」

「おう！　いつもありがとうな国王様！」

「ほっほっほ！　構わぬよ」

その後ろ姿に、ハルカは怪訝な眼差しを向けていた。

「怪しい」

そう呟くと、もう一人の転移者である眼鏡をかけたエミがようやく口を開いた。

「私もハルカの意見に同意するかも」

「でしょ!?」

「お前らなー、こんだけ世話してもらってんのにまだ疑ってんのか？」

呑気な発言に、女性二人から睨まれてキョウイチが黙る。

国王がまだ何か隠していることくらい、誰だって気付く。そうハルカが思う。

ハルカが腕を組んだ。

「この世界にいる異世界人って……本当に私たちしかいないの？」

どこかにいるのではないだろうか。

自分たちと同じ、異世界人が――。

＊

王城の別室にて、国王が報告を受け取る。

「視察団として送ったシエルからの返事がきました」

この会話はハルカたちには聞かせることはできない。

彼ら以外にも異世界人がいる可能性など伝えてしまえば、探しに行こうとするかもしれない。

王都にいる、というだけで諸外国への牽制になるのだ。

「それで？　シエルは何と報告した」

「特に何もなかった、と……覇道のアリアも無事に帰還し、そのように報告しております」

「そうか」

膨大な魔力検知は、単純に不具合だったのかもしれない。

国王はそう思う。

「ですが……中立派閥にいるエイヴリー家と仲のいいシエルは、あまり信用ができません」

「うぅむ……じゃが、奴は優秀だぞ。数少ないエルフでもある」

「だからです。エルフは人間ではないのです。他種族を信用してはなりませぬ」

人間を主軸とするパラミット王国において、他種族は差別の対象である。

エルフは力や能力が人間よりも圧倒的に高かったため、敵対を避けるための処置であった。

「分かった……では、シエルに隠れてまた別の者を送れ」

「はっ」

この世界において、転生者は強力な存在である。

異世界から人間を呼び出す、異世界転移が通常の手段であり、転生されることは非常に少ない。
・転移者はランダムで強力なスキルを得られる。
・転生者は神様から直々に特別なスキルが得られる。
明確な二つの違いを、彼らは知らない。

ただ、転生者の方が少し強い存在として認識されていた。

国王が髭を触る。

「じゃが、転生者など本当におるのか……？」

ハルカと同様、その存在を疑問視していた。

＊

収穫祭。

そういっても、僕が勝手に記念日として決めてパーティーをしようと思っただけだ。

エイヴリー領土にある畑を耕し、肉食魔物を植えて栄養を与える。その結果、上質な土が出来上がっていい野菜が取れた。

そこまではいいのだが……甘い香りに僕とテレサがよくパクッとされていた。

元より、肉食魔物が発生させる甘い蜜は、体内で精製される魔力から出来上がっているものだ。その魅力に人間の身で逆らうことができなかった。

アリアがため息を漏らす。

「ヒロ……テレサもだけど、いい加減食べられないでよ」

「「すみません」」

甘いものに目がないのはエルフとて同じみたい。

こんな状態の僕が、何とかやっていけているのは、やはりみんなのお陰なんだ。それを勘違いすることはしたくないし、きちんとお礼もしたい。

そう思って、僕は収穫祭と名付けてみんなを誘った。

「よいしょっと……ヒロ、この野菜はここでいいの？」

「うん、ありがとう。アリア」

手伝ってくれたアリアにお礼を言う。

他の人たちも何人か手伝いに来てくれたのだが、遊びに来ているテレサは違う。

少し離れた場所で、先ほど怒られたばかりのテレサが肉食魔物を棒で突いていた。

「えいっ」

「パクッ」

「……ヒロ、助けて」

遊んでばかりのせいか、もはや横を通ってもテレサはスルーされていた。

か、可哀想……。

「感謝なんていいの。ヒロがいなきゃ、私だって生きてたか怪しいんだから」

こう言って、アリアはいつも僕のお礼を素直に受け取ってくれない。

確かに、命を助けたというのはあるとは思うが……僕はもうそれ以上の恩を返してもらっているると思っていた。

その想いをきちんと伝えよう、とも思っている。

「でもヒロ、この道具にお肉とか……どうするの？　見たことない形式だけど……」

「フフッ、秘密」

僕は【異世界召喚】でとあるものを召喚してしまった。その再利用というわけだ。

お手製の道具や依頼をこなして討伐した魔物の肉を用意する。

僕のやることに興味がある、とシエルさんも来ていた。

「ひーふーみー……、あれ。ヒロくん、野菜が少ないみたいだよ？」

「大丈夫です！」

これも僕は対策済みである。

すると、アリアが僕に耳打ちする。

「まさか……聖域で育てた野菜持ってくるの？」

「うん、ちょうど収穫時期なんだ。ウィンドたちが食べられない野菜もあるしさ」

「あぁ……あの子たち、ニンジン以外に興味なさそうだもんね……」

まぁ、本当にあの子たちはニンジン以外を食べないんだけど……。

僕たちが準備をした場所には、大きな木が生えていた。

その木の裏に隠れてると、ウィンドが懐からピョコと顔を出す。

「ヒロ様」

「うん、一回帰ろ。野菜持ってこなくちゃ」

「わーい！」

指をくるんっ、と回す。

転移魔法、発動。

光に包まれ、僕は聖域へと戻った。

懐かしい匂いで、聖域の思い出が蘇る。

ずっとここにいた時は、あまり感じなかったけど、やっぱりここはいい場所だ。例えるなら、大好きなおばあちゃんの家に遊びに来たような感覚……小さい頃しか行ってなかったっけなぁ。

「ヒロ様～！」

僕を待ち構えていたのか、ウサギたちが抱き着いてくる。

実はアリアに隠れて、時折様子を見には来ていた。

「今日は野菜を取りに来たんだ。できてるかな」

「はい！」

視線の先に、しっかりと実っている野菜を見つける。

おそらくこの世界に聖域で野菜を育てている人間なんて、僕しかいないなぁ……。

聖域で育った野菜には特殊な力が備わっていた。


【神眼】。

【アイテム】
・聖域じゃがいも
食べた人の健康状態・病気をよい状態にする。


こういった効果だ。

もちろん、効果自体はそれほど強くないから、ポーションや万能薬といったものの方が役には立つ。

気休め程度の力しかないけど……それでも、みんなが元気になる野菜はとてもいい。

他のいくつかの野菜を収穫したあと、ウィンドが僕の髪の毛を引っ張った。

「ヒロ様、神様が呼んでます」

「え？　神様……？」

そう言われて顔を上げると、聖域にある湖が光っていた。

……こんなこと、初めてだ。

湖に近寄ると、水面から誰かがこちらを見ていた。

その顔を僕は知っている。

この人……僕を転生させた神様だ。

＊

「ヒロ！　お帰り……え？」

「あい……」

僕の両手には、たくさんの野菜と……謎の銅像があった。年老いた老人で髭が長く、なぜかピースしている。

「何その変な銅像……」

「もらった……」

「誰に⁉」

神様に、とは素直に言えないかな。

僕はさっき、神様と話をした。あまり長い時間こちらに干渉できないから、少しだけだったけど。

【異世界召喚】の対価について教えてもらったり、この銅像をもらったりした。

あと、あまり転生人であることをバラすべきではないとも知った。

話すことの危険性も、僕にだって少しくらい分かる。子どもじゃないんだ。

「この銅像をここにおいて……と」

その銅像を見て、エルフ族のシエルとテレサは何かに気付いた様子だった。

「へぇ……」

「ヒロ。凄いもの、もらった」

よく分からないが……何か凄いものらしい。

まぁいいや、今は。

ゾムさんやベリアさんたちもやってくる。

用意した野菜や肉を焼いていくと、テレサが顔を覗かせる。

「これ、何？」

「バーベキューだよ」

「バーベキュー……？」

僕は【異世界召喚】で、バーベキューセットを召喚してしまった。

その時、これみんなでやったら楽しいんじゃないか……？　と思ったんだ。

神様から直接聞いたけど、【異世界召喚】は、こちらも代価を支払っているらしい。

それが魔力なのだとか。

魔力が地球ではちゃんとお金となり、支払われているという仕組みらしい。

どんな仕組みなのかは、詳しいところまでは理解できなかったけど……迷惑はかけていないのだとか。

ただ、人や動物は召喚できないから注意してほしいとのことだった。

できたら困ります……返せないっぽいし。

ゾムさんが怪訝そうに、口に含む。

「随分と、変わった食べ方をするんだな」

「ど、どうでしょうか……？」

「悪くはない」

仏頂面のまま、厳しい意見を言われる。

アリアが少し苦笑いを浮かべて、僕に言う。

「お父様の悪くない、は美味しいって意味よ」

「そうなんだ！　よかった〜……」

素直に喜ぶと、少しムッとされてしまった。

やっぱり厳しい……。

バーベキューといっても、ただ野菜や肉を焼いて食べるだけではない。

この自然の中で食べることに意味がある。

「アハハ！　ゾムってば、ヒロくんに対してだけ厳しいよね〜」

「うるさいぞ、シエル」

「おやおや、ゾム？　僕に貸しがあるんじゃないのかい？」

「うぐっ……貴様」

ゾムさんとシエルさんのやりとりを尻目に、僕は銅像の前に料理を置く。

そうして両手を合わせると、シュッと野菜が消えた。

これが、僕と神様の間で交わした〝約束〟だ。

「ヒロ……？」

アリアの小さな声が漏れた。

そこへ、ベリアさんがやってくる。

「ヒロちゃん、用意できてるわよ。ほらこれ」

「ベリアさん、ありがとうございます！」

僕が時間をかけて、とある魔法を開発した。それにベリアさんにも協力してもらっていた。

アリアに少しでも喜んでもらえればと思ってのことだった。

「アリア、実はプレゼントがあるんだ」

僕はどこまでいっても、お人好しらしい。

「ア、アリア……!?　お、お前……耳が……」

ゾムさんが驚いた声を漏らす。猫耳が見えないのだから、その反応も当然だ。

アリアは帽子やフードで頭を隠すことなく、可愛らしい服を着ていた。

当の本人も、その事実が信じられないようで自分の頭を触っていた。

「ほ、本当に猫耳が見えてない……」

僕はずっと、アリアが隠れないで生活できるようにしたかった。

シエルさんが僅かに笑う。

「凄いな……完璧だ」

これも【神眼】の能力が大きかった。

認識阻害の魔法を改良し、僕なりに新しい魔法を作ってみた。

幻影魔法――幻霧。

「ヒ、ヒロ……？　一体どうやったの、これ？」

「うーんとね。ベリアさんから受け取った指輪あるよね」

「え、えぇこれね」

ベリアさんには指輪を用意してもらっていた。

もちろん、ただの指輪ではない。

「その指輪に魔法をかけたんだ。ほら、魔石が埋め込まれてるでしょ」

魔石入りの指輪は、僕が作ったものだった。

「魔石!?　ほ、本当だ……かなり高価なのに」

「大きく育った肉食魔物は魔石がとても大きくなるんだ。その魔石に一つの魔法を込めて、何十年も効果が出るようにした」

これが複数の魔法を使うように指示すると、効果が薄れたり、継続年数が短くなってしまう。だけど、一つに絞れば長年使えるんだ。

「り、理屈は分かるけど……凄く難しいことなのよ？　こんなに凄いものはもらえないわよ……」

そう、アリアの言う通り簡単なことじゃなかった。

【神眼】で詳細な魔力の流れを把握し、丁寧に削って想いを込めた。

「アリアにもらってほしい。アリアが隠れないで暮らせるようになってほしいなと思ったんだ」

「ヒロ……」

エイヴリー領土に来てからも、アリアはずっと猫耳を隠していた。

それが何となく、心の壁のような気がしていた。

テレサが言っていた。『獣人のアリアは、誰にでも距離を置いている』と。

たまにアリアと洋服店の横を通ると、呆然と展示されている服を見ていたことくらい、知ってる。

僕は彼女が我儘を言わないことや、努力家であることを知っている。

アリアは自分に誰よりも厳しくて、真面目なんだ。

「男の僕から言うのもアレなんだけど……今度さ、一緒に服でも買いに行こうよ。アリアの好きなことを教えてほしいんだ」

好きな食べ物は知っていても、服や趣味までは知らない。

僕はアリアを大事な友達だと思っている。

友達を助けるのは当然のことだ。

＊

私はずっと、この外套に自分を隠して生きていくつもりでいた。

お父様は森に捨てられていた生まれて間もない私の命を救ってくれた。

本当の親も兄弟もいない。

だから最初は獣人が差別対象であることがよく分からなかった。けれど、奴隷の獣人たちを見て知ってしまった。

『獣人が……！　働け！　薄汚い獣のくせに』

『や、やめてください……！　叩かないで！』

本来は自分も、あそこにいるべきなのだ。救ってくれたのはお父様なのだ。

その恩を返そう。そう思って必死に努力して、この国で優秀な魔法使いになった。

獣人が差別の対象であるから、自分を隠さなければお父様にも迷惑がかかってしまう。

絶対にバレないようにしようと思って生きてきたけれど……気付いている人もいたのだと思

う。

だけど、完全に獣人だと知った私を差別せずに認めてくれたのはヒロだけだった。

この外套はエイヴリー領土やお父様たちを守るためのもの。私を守るためのものじゃない。

だから、一生つけていこうと思っていた。

自分のことを包み隠し、自分が我慢すればいい。

着たい服も、友達もいらない。

私は……誰にも心を開かず、隠れて生きていけばいいのだと――――。

初めてだった。人から『猫耳が可愛い』と言われた。普通は気持ち悪いとか、人間じゃないと言われる。

ヒロからもらった指輪を触る。

隠れて暮らす必要なんてない、とヒロは言った。

「いいの、かなぁ……私だけこんな環境で」

幼少期からずっと、同じ外套を着ていた。

茶色の、とても地味なものだ。

とても私には慣れ親しんだ色で……小さい頃はたまに同年代の女の子が可愛い服を着ているの、見てたっけ。

いいなぁ……って思ってたけど、決して言うことはなかった。

言ってはいけないと思っていた。

自分がずっと着ていた外套を握りしめる。

「これ着なくても、いいのかな……」

どこに行っても、必ず姿を隠すように外套を被っていた。

これは、私の壁だ。

「うん！　いいんだよ、アリア！」

目尻に涙を溜めて、私はきちんと言葉にする。

「ありがとう、ヒロ」

私は何度、ヒロに救われたのだろう。

三章　彷徨精霊

神様との約束とは、簡単にいえば料理を納品することだった。

聖域の生活を見ていたらしく、料理が羨ましいと思っていたのだとか。

その代わりに、僕は神様の加護を強めてもらった。

ふとある日、突然脳内に『ほっほ！　これが使徒たちが喜んでいたニンジンステーキなるものか！』と声が聞こえたこともあった。

どうやら、こちらからの接触は不可能でも、あちらからなら可能なようだ。ニンジンステーキ、興味あったんだ……と少々意外だと思ってしまった。

聖域に住む精霊は神様によって姿形が異なるらしい。

僕を担当している神様は、小動物の精霊が多くて草食系がメインだ。野菜好きなのだろう。

たまに一方的に注文が入ったりもする。

『アジューマ・ベアの肉料理を送ってくれんか』と言われた時は、流石に驚いた。討伐ランクが高いから、お肉だけ購入して送った。

出費は大きかったが、その影響かステータスの上昇率が上がり、前よりも強くなった。

偶然にも僕がコピーしてしまった【絶対健康】といったスキルは、『まぁコピーしてしまったものはしょうがない！　そのままやる！』と言ってくれた。

神様らしく器が大きいのか、それとも雑なだけなのか……。

「さて、今日は家を作るか！」

僕の管理している畑は土地ごと借りることができたため、自由に扱うことができた。

今はベリアさんの家でお世話になっているが、いつまでもそのままというわけにはいかない。

僕には聖域で家を作った経験がある。それを活かして、さらにいい家を作ろう、という話だ。

「よいしょ、よいしょ」

ウィンドが小さな木材を運んでいる。

その横で、僕は設計図を広げていた。

木材は聖域の木を使って、よりよいものを作ろう。アリアとか招待したいし。

「農具置き場が欲しいかもしれないな……」

この世界には収納、といった魔法があるらしいが僕はまだ見ることができていない。特殊な人種しか持っていない、とアリアが言っていた。

ともかく、家と農具置き場が必須かな。

「ヒロ〜、手伝いに来たわよ〜」

手を振って赤毛を揺らしながら、アリアが駆け寄ってくる。

「っ!?」

僕は思わず目を見開いてしまう。

す、凄いお洒落してる……！

アリアはあれから、とても喜んで毎日のように違う服を着ていた。

楽しそうだから僕としてもよかったと思うんだけど……『こういう服が男の人は好きって聞いたんだけど……』とか『ベリアおばさんに選んでもらったの！』といった具合で、なぜか毎日僕に見せてくる。

アリアは元々がかなり美人だから、何を着ても『似合ってるね』としか言えない。

それが何日か続くと、最近では頬を膨らませて機嫌を損ねてしまうようになった。

分かんない……僕、女心分かんないよ……。

ベリアさんに相談するべきだろうか……いやでも、あんまり迷惑はかけたくないし。じゃあゾムさん……お父さんに聞くの？　無理だよ。

あっ！　チャラそうなシエルさんがいた！　エルフだし生きてる年数は長い。きっと人生経験も豊富だ。

僕天才かも。

数日後に鍛錬場で会う予定あるし、その時聞こうかな。

「あ、アリア……手伝ってくれるのは嬉しいんだけど、その服だと汚れちゃうよ？」

「大丈夫よ！　汚れないように頑張るし、ヒロが洗濯してくれればいいじゃない！」

「でも……破れたりしちゃったら戻せないよ」

木材を運ぶ際に、角に服をひっかけて破けてしまうことは往々にしてあることだ。

アリアが色んな服を着て喜んでいるのは僕も嬉しいが、破れてしまうのは勿体ない。

「ほら、作業着あるよ」

ちゃんと僕は用意している。

そういうと、明らかに落ち込んだ様子をアリアが見せた。

「……そうね」

そ、そんなに嫌なのか！

「あっ……！　じゃあ、こっちお願いしてもいい？」

アリアに設計図を見せる。

農具置き場の設計図が未完成のため、それを完成させて欲しいと頼むことにした。これなら着替えなくていいし、可愛いアリアのままだ。

機嫌を少し取り戻したようで、「分かった！」と喜んで手伝ってくれた。

僕はといえば、作業着に着替えて、聖域からウサギたちを呼び出す。

彼らをまとめ上げるリーダーであるウィンドが、ハチマキを頭に巻く。

「ヒロ様の自宅を作るのです！」

「「「おー！」」」

僕もそれに交ざって「おー！」と叫んでいる。

僕の家とはいいつつも、色々と考えて設計は済ませてある。

普通、家を作るには数か月かかる。

でも、ウィンドたちは体が小さく、数も多い。そのため、一度作り始めて数日もすればすぐ終わってしまう。

そうして建築をしている最中、アリアが足元に小さな生き物を見つける。

「……？　何よこれ」

アリアが手に取ってみると、小さな肉食魔物だった。

「ミニサイズだ……どこから来たのかしら」

横から僕が顔を覗かせる。

「あら、繁殖したんだ」

「え、繁殖……？」

「うん、肉食魔物は繁殖するよ。根っこ同士が、こう絡まって芽ができるんだ」

僕が手をクロスさせる。

「何それ！　初めて知った！」

肉食魔物をある程度勉強した時に、繁殖することを知った。狩って連れてくることが多いけど、最近は繁殖もアリかもしれないと思っている。

子ども肉食魔物が、僕の指をパクッとする。

痛くない。

「可愛いよね」

「か、可愛い……かしら」

小さな体で、頑張っている。

愛おしく思ってしまうが、アリアは違うらしい。

「移動手段がちょっと特殊だけど」

成長した肉食魔物は移動することがなく、そこで生涯を終える。ただ、子どもは違うようで
根っこを器用に動かし走り回っていた。

「キモい……」

うん……確かに気持ち悪い。それは僕も思う。

「あと、とんでもなくアホだよ」

「アホ」

作業の手を一旦止めて、僕は子ども肉食魔物を観察する。すると辺りを走り終わったのか、
息も絶え絶えになって、急にバタンと倒れた。

「死んじゃったのかしら……」

「あれは寝てるんだよ」

「寝てるの!?　畑のど真ん中で!?」

しばらくすると睡眠をとったお陰で元気を取り戻したのか、また走り出す。

「な、何なのあの生き物……」

「たまに柵に登って、そこに根を張ろうとしたりするから困るんだよね～」

もちろん、土なんてないから干からびて死んでしまう。

その対策として、僕は小さなプランターをいくつか用意している。

「大きくなって畑を守る植物だからね。大事に育てなきゃ」

「ハハ……何度聞いても凄い運用方法よね……」

「使い方次第だよ。肉食魔物は人間に害はない。周辺の生態に悪影響を与えてしまうのなら、上手く利用すればいい」

僕に何かを新しく作るアイデアはない。

凡人だからこそ、あるものを組み合わせて何ができるか考える。

生まれたばかりの肉食魔物をプランターに移動し、作業を再開する。

「残りも頑張って作っちゃおう！」

それから数日が経ち、一軒の平屋が完成した。

僕一人と来客用の部屋もある。それだけあれば、とりあえずは住む場所には困らないはずだ。

＊

それからしばらく経って、いつもお世話になっているシエルさんに、剣の訓練中に問いかけた。

少し前からアリアに対して聞こうと思っていたことだ。

「え？　女の子に服の印象を聞かれたらどう答えるべきかって？」

「はい！」

「うーん……」

シエルさんが腕を組んで悩む。

エルフは皆美形だ。きっとシエルさんなら完璧な回答をくれるはず……！

「似合ってる、とかかなぁ」

意外と普通！

「そ、そうなんですけど……それが何回も続くと機嫌悪くしちゃって」

「あぁ……アリアのことか」

名前を言っていないのに、気付かれた。

シエルさんが何かを察したようににやりとする。

「それなら簡単だよ」

「本当ですか⁉」

「そう、こうするんだ」

僕に詰め寄り、どんどんと壁に押していく。

太陽の光がシエルさんで隠れた。

影が僕を覆う。

すぐそばに端麗な顔立ちをした美青年が迫った。

「えっ……あの……」

「何？」

ち、近い……！

気を抜けば息がかかる距離で、シエルさんが微笑んだ。

「服の感想、聞きたかったんでしょ？　答え、教えてあげるよ」

こ、これは何かが違う気がする！

に、逃げなければ……！　凄く危険な香りがする！

「アハハ！　君ってからかうと本当に面白――――」

その刹那、閃光が走った。

僕の真横に、木剣が突き刺さる。

ガタガタガタ……と木剣が揺れた。

か、壁を貫通してる……！　木剣が！

僕とシエルはその場で固まって、投げてきた人物を見る。

「……シエル、ヒロをイジメるな」

テレサだ。

シエルさんに向かって睨んでおり、非常に機嫌が悪そうだった。

「お、女って怖いね……ヒロくん」

「は、はい……」

何とか二人で事情を説明すると、テレサは納得してくれた。

僕がイジメられていると思って助けてくれたことは嬉しかった。

あと、シエルさんが教えてくれたことは役に立ちません！　すみません！

僕にあんなことできるはずない……。

その日も息が上がるまで、シエルさんは剣の鍛錬に付き合ってくれた。

かれこれ初めての訓練から数週間が経つけど……一本も取れない。

【神眼】で動きは完全にコピーできるんだけど、思考が追いつかないんだ。

うーん……僕は動く前に考える癖があるから、それで反応が遅れてるのかなぁ。

【神眼】に身を任せてしまう、ということも大事なのかもしれない。

正直、チートスキルに身をすべて委ねてしまうのは怖かった。僕の手から離れてしまったら、どこまで制御できるか自信はない。

「風の王。風王精霊《エアリエル》に選ばれた僕から、そう簡単に一本は取れないさ」

「あの……聞きたかったんですけど、精霊の加護って何ですか」

「あれ、知らないの？　一応常識だと思ってたけど……違うのかな」

シエルさんが頬を掻いた。

少しは勉強して学んだが、実際のところは見ていないからよく分からない。

「精霊の加護を受けた人間は、魔法や特別な力を得ることができるんだ。例えば、僕だと風王精霊――風が僕を導くんだ。正しい方向へね」

正しい方向……それは一体、どういうことなのだろうか。

僕が悩んでいると、シエルさんが笑う。

「実はアリアを拾ってきたのは僕なんだよ。ゾムと相談して彼が育てることになったけど」

「え⁉　そうなんですか⁉」

「うん、風が教えてくれた。ゾムとの出会いも全部同じ」

だから、風が導く……そういうことか。

「まっ、基本的に導くってだけで、最終的に決めるのは僕だ。運命を縛られているわけじゃない」

シエルさんが僕の頭を撫でた。

「だから、特別な力で何か大きな失敗をしても、誰かのせいにしちゃいけないよ。どんな選択をしたにせよ、選んだのは君だ」

自分の失敗を誰かのせいにしてしまうのは、往々にしてあることだ。自分が責任を負いたくないのもあるし、失敗したことを直視したくないから。

それでも神様の力が人を不幸にするなんてことは、絶対にしたくはない。

だから、【神眼】はあくまで補助。大事なのは僕の判断だと思っている。

それをシエルさんは肯定してくれているような気がした。

【神眼】のこと、誰にも話してないのに……何か特別な力を持ってるって気付かれてるような。

そう思ってシエルさんを見上げると、微笑まれた。

「精霊の加護を持っている人は分かっちゃうんだ。ごめんね」

「そうですか……」

精霊ってウィンドたちも含まれるよね。

風の精霊か……グリフォンとかそっち系かな。

「大丈夫、誰にも話さないさ」

僕はシエルさんを信用しているから、心配なんてしてない。この人は口の軽い人ではないことくらい、分かっている。

それからまた鍛錬をしてもらい数日経つと、アリアが僕に服の感想を聞かなくなった。

何があったのかベリアさんに問いかけたら、『私はバレちゃうんじゃないの？　って言っただけさね』と言われた。

一体、何がバレるのだろうか……。

＊

その日、僕はいつもとは違う感覚で目を覚ました。

「あれ？」

枕元でモフモフの感触を味わいながら起き上がり、目覚めのよい朝を迎えるのが日課だ。

しかし、そのモフモフがいない。

「ウィンド……？」

そう、僕の元からウィンドが姿を消した。

……あれ、どこ行ったんだろ。

基本的にこの部屋から出ることはないし、僕の傍から離れることも珍しい。

服の中、いない。

信じられず、服を脱いで確認する。

やっぱりいない。

「……どうしよ」

一瞬、ベリアさんに見つかって『今日のご飯はウサギ鍋だねぇ』とかなってたら、と焦る。

いやいやいや、その前にこの世界の人たちにとって、白色のウサギは神聖だ……常識が違う。

あっ、聖域に行っているのかな。

「【転移魔法】」

聖域に飛んで、他の白ウサギたちに確認する。

数分経ってから、そろそろアリアがやってくる時間だと思い、部屋に転移魔法で戻る。

「……まずい、みんなも知らない」

「ヒロ～？　何バタバタしてるの～？」

アリアがやってきて、上半身裸の僕を見る。

「ッ!?　ちょ、ヒロ……刺激強いかも」

なぜか鼻を押さえている。そういえば、服を脱ぎっぱなしだった。

でも今はそれどころではない。

「アリア！　ウィンドがいなくなった！」

大問題だ。

＊

服の中にモフモフの感触がないというだけで、僕にとっては違和感が凄まじかった。

長いことずっと一緒にいたから、急にいなくなるなんて考えられない。

体育座りして落ち込む。

僕の意気消沈具合に、アリアが慰めた。

「ちょっと出かけてるだけじゃない？　ほら、散歩とか」

「なら一言言うと思うし……朝からずっといないのも、変だよ」

「た、確かに」

探しに行こうと思ったが、エイヴリー領土を歩き回っても仕方ない。

僕が誰かを探す魔法とか、スキルとかを持っていれば楽なんだけどなぁ……。

どうしよう。

「ニンジン作戦をしてみたら？」

「ニンジン作戦……？」

「そう。ほら、ウィンドたちってニンジンが好物なら街の至る箇所に罠を仕掛けておくのよ。引っかかったら反応があるように調整すればいいじゃない」

「な、なるほど……！」

すっかり落ち込んでいたせいで、そこまで頭が回っていなかった。

アリアの両手を掴むと、頬を赤く染めていたが関係なく感謝を言う。

「じゃあ、テレサも呼んで作戦開始ね」

「うん！」

探すのを手伝ってもらうために『実は喋るウサギが……』と事情をテレサに説明して手伝ってもらう。

ウィンドがエイヴリー領土にいるかどうかは分からないけれど、罠を仕掛けて反応がなければ、街にはいないと判断できる。

難航するのではないか、そう思っていたが、その作戦は簡単に成功した。

テレサが罠にかかって『うわ〜』とニンジンを咥えているウィンドを発見したのだ。

チョロい、と思ってしまったが、見つけたことに安堵する。

「……ヒロ様」

「ウィンド」

もぐもぐとニンジンを食べながら、僕に捕まったウィンドはバツが悪そうにする。

「どこ行ってたのさ」

「すみません……実は同じ精霊の気配がして、つい駆け出してしまいました」

精霊の気配を感じて駆け出す……呼ばれたりしたのだろうか。

正直、僕はこの世界の精霊についてよく知らない。

図書館で調べた限りでも、特にそれに関する文献はなかった。

アリアが悩む素振りを見せた。

何やら緊張した面持ちだ。

「……ウィンド、本当に精霊がいたの？」

「はい。私の聖域にいる精霊とは全く別の……変な精霊でした。探し回っていたのですが……一瞬しか見えなくて」

「――ッ！　それが本当なら、ちょっと厄介かも……」

アリアの頬から汗が落ちる。

「どういうこと？　アリア」

「あのね、ヒロ。基本的に、この世界の精霊は聖域にいるの。あなたがいた神樹の森以外にも、聖域は複数存在すると言われているわ。発見されているのがヒロがいた森ってだけで……」

それは僕も知っていた。

だからパラミット王国は人間の王国として中心的な立場にいる。

聖域があるから、神の加護を受けている国として。

「聖域にしか精霊は存在しないわ。ウィンドみたいにたまに抜け出す精霊がいても、人間界なんて住みづらいから大体は元の森に帰るの」

ウィンドが小さな肉球を伸ばした。

「私はヒロ様が傍にいるだけで住みやすい環境になります。ヒロ様は凄いのです」

おそらく、それは僕の体にも聖域と似た力が流れているせいだろう。たぶん【神眼】の影響かな。

あとはステータスの種族：半神の影響もちょっとありそうな気がする……。

「まぁ、そういう精霊を彷徨精霊《ほうこうせいれい》と呼ぶんだけど……とても危険なものになる場合が多いわ」

「でも、ウィンドとかは大人しいよ？」

僕には精霊が危険なものだとは思えない。

聖域で共に過ごしてきた仲だからこそ、そう思うのかもしれないけど……。

「それはなぜかよく分からないけど……暴れる原因は空間のせいなの。ほら、あのー……聖域ってふわふわわーっとしてるじゃない？」

僕とウィンドが「「あぁ」」と納得する。

それを見ていたテレサが「何で今ので納得できるの」と呆れていた。

確かに、ふわふわわーってしていた。あれ何だろうなーって思ってたけど。

「あれは精霊の体内にある魔力を綺麗にするもの、だと言われているわ」

「アリア詳しい……僕が調べても、そんなの出てこなかったよ？」

「王都の禁書図書館じゃないと分からないことだもの。覇道の魔法使い専用の場所よ」

そんな場所があるのか。

そうか……重要な情報は権限がないと読めないのか。

「聖域から長く離れすぎた精霊は、狂暴化して人を襲っちゃうの」

「……危ないね」

ウィンドは彷徨精霊の存在を知って駆け出してしまった、ということか。

「彷徨精霊の危険度は主に色で分かるわ。白、茶色、赤の順に危険度は高くなるわ」

「ウィンドがチラッと見た精霊は何色だった？」

ウィンドが言い淀む。

「その……えーっと……」

僕の顔を見る。

「大丈夫だから言ってごらん、ウィンド」

ウィンドが困った顔で、小さく呟くように言う。

「私が見たのは――――真っ赤でした」

＊

ヒロたちが精霊の話を聞いている時、王都にもその連絡は入っていた。

「エイヴリー領土に彷徨精霊じゃと？」

「はい、エイヴリー領土に送った密偵からの報告です。如何なさいますか、陛下」

「まさか、シエルが信用ならずひっそりと送った密偵がこのような形で役に立つとはな……」

彷徨精霊が狂暴化すれば、小さな領土では壊滅的な被害を出す。

そのため、彷徨精霊が出現したら真っ先に対処する必要があった。

本来であれば騎士団などを派遣して事態を納めるのが通常ではあるが……。

「勇者たちはどうなっておる」

「戦に出ても問題のない程度には育っております。元よりスキルや能力が優秀ですから」

「そうか。では勇者たちをエイヴリー領土に派遣するとしよう。彷徨精霊の討伐はかなりの功績じゃ」

過去に数回だけ彷徨精霊が暴れた事件があった。それらはすべて王国騎士団が納めてきたが、被害は甚大なものだった。

さらに、今回発生した彷徨精霊は赤色だ。もはや取り返せる段階ではない。

「国内での権力や民から英雄視されれば、他国への影響力も増すじゃろう」

「では、勇者たちを出陣させても？」

「あぁ。どこから彷徨精霊が来たか知らんが、まだ被害が出ていないのなら、弱い精霊じゃろうて」

「まぁ……過去にもそういった事例は存在しますが……」

実際、国王が言う通り、彷徨精霊が出たと大騒ぎになったものの、実際はミニサイズのウサギだったという事例も存在する。

狂暴ではあったものの、力は弱く簡単に討伐できたため被害はなかったのだ。

今回もその事例ではないか、とパラミット王は考えていた。

「運がいい。エイヴリー領土の領主には手を出すな、と伝えろ」

「はっ」

＊

王都の別室に、異世界から転移させられたキョウイチ、ハルカ、エミがいた。

ハルカが眉を顰めた。

「出陣？　私たちが？」

「そうです。国王陛下から命令で、エイヴリー領土に出現した彷徨精霊を討伐してほしいとのことです」

「彷徨精霊……？」

「不安になさることはありません。とても弱い精霊ですので」

そう言われて、まぁ行けと言うなら……と三人が納得する。

あれから王国最高峰の指導者の下で、戦闘訓練や魔法を学んできた。

自身の持つスキルを活用して戦うことにも慣れてきた。

本来、戦いとは無関係な生活を送ってきた彼らでさえ、この異世界で適応して生きていくために努力をしていたのだ。

キョウイチとて、みんなから『アホ』と言われながらも最低限の勉強はしていた。

「でもいいのかよ？　精霊ってこの世界だと神聖な存在なんだろ？」

「彷徨精霊は居場所を失って狂暴化した精霊です。絶対に元に戻すことは誰にもできません」

討伐するしかない。

「そっかー……それなら、倒すしかないのか」

「まぁ、そういうことなら仕方ないわね」

「うん……」

勇者たちは納得し、エイヴリー領土へと足を進めた。

＊

彷徨精霊でエイヴリー領土が大騒ぎになっていることは、僕も知っている。

あれから調査団が編成されて、僕を検知した小型バージョンの魔力検査機で存在が確認された。

居場所までは分からないものの、たまに街に反応があったり、森に反応があったり……と、居場所は定まっていなかった。

正体が分からない以上は下手に刺激せず、まずは王都から派遣される討伐隊を待つとのことだった。

つまり、現状維持の警戒状態だ。

街中ではいつもより衛兵が増えているし、少々緊張感も感じるけど……いつまでも部屋にこもりっぱなしは僕も息が詰まった。

冒険者ギルドへ行き、少し背伸びをして、依頼書を見せる。

「これ、お願いします」

対応してくれたのは、収穫祭にも来てくれたカーミラさんだ。かなりの美人で冒険者の間では看板お嬢と呼ばれている。

僕も綺麗な人だと思う。あと優しい。

「あっはい！　ヒロさん、また来てくれたんですね。最近来ないから心配でしたよ」

「彷徨精霊のせいでアリアに外出は控えてねって言われてたんです。あとはベリアさんのお手伝いもありました」

「そうだったんですね。えーっと……依頼は冬魔草。あれ、珍しいですね」

いつもであれば肉食魔物の依頼を受けるのだけど、今回やりたいことに肉食魔物は関係ない。

「はい。ポーション作りにいくつか必要だよ、と言われたので」

「えっ、誰に……？」

カーミラさんが首を傾げると、僕の肩に誰かが手を回した。

「僕だよ」

「シエルさん⁉　エイヴリー領土にいらしてたんですね」

「久しぶり、大きくなったねぇ～カーミラ」

お互いに顔見知りのようで、「ハハハ」とシエルは笑っている。

周りの冒険者の声が聞こえた。

「誰だ……？　見かけないエルフだけど……」

「最近鍛錬場で暴れ回ってる奴じゃないか……？　誰も一本取れないって聞いたぞ」

シエルさんの剣は相当強いからなぁ。

【神眼】で完全に見切れていても体が追いついてこないし。

「僕も昔はエイヴリー領土に住んでたからね」

「へぇ～、知りませんでした」

「ヒロくん、僕って意外と顔見知り多いんだよ？　そこの不器用エルフと違って、器用だからさ」

アリアの代わりに、僕の付き添いとしてテレサが来てくれた。

彷徨精霊の影響でアリアも駆り出されているのだ。

テレサが半眼で呟く。

「……うるさい」

エルフ同士といっても仲がいいわけではないらしい。

テレサはシエルさんのことを嫌いだと言っていたし……仲よくしてほしいと思っても、無理にさせるべきではない。

「でも、ヒロくんがポーション作るっていうなら、冬魔草しかないよね」

僕は本を読んで会得した錬金術の魔法がある。

これを使ってポーション作りをして、少しでもアリアたちの力になろうと思ったのだ。

それでシエルさんに相談したところ、冬魔草を使うべきだと教えてくれた。

冬魔草は穏やかな気候で育ち、寒い時期に花を実らせる。秋になると冬越えのため多くの魔力を溜め込む性質があって、今と収穫時期がピッタリなのだ。

高級ポーション店などでは、冬魔草を使ったものが多く品質もいいのだとか。

それから冒険者ギルドで依頼を受けて、僕たちは近場の森へと向かった。

「携帯食?」

「うん、フルーツバーっていうんだ」

お昼ご飯を食べる余裕もないと思って、あらかじめ作っておいたものをシエルさんとテレサに渡す。

お世話になっている農民の人たちから分けてもらったものを使ったのだ。【神眼】でフルーツバーの作り方は分かっている。

地球のものと比べると、数段ほど質が落ちてしまっているが仕方ない。機械で作ったわけじゃなくて、ほぼ手作業なのだから。

歩きながらでも食べられるもの、といえばフルーツバーだった。

「なかなか変わった食感してるね。面白いよ、これ」

「甘い……」

二人とも気に入ってくれたようで、「うん、もう一本欲しいな！」と追加で要求されてしまった。

もちろん、そう言われるだろうと思って用意している。

「それで、ヒロはどうやって冬魔草を探すか決めてるの。アレ見つけるの凄く大変」

「うん、大丈夫だよ……だから、ちょっと手分けして探さない？」

「私とシエル。ヒロは単独？」

「うん」

「分かった。離れすぎない距離で動こう」

テレサがそう納得すると、シエルさんの首根っこを掴んだ。

「クソエルフ、こっち」

「ハハハ！　君もエルフじゃないか〜」

おそらく、僕のやることをテレサは察したのだろう。気を遣わせちゃったかな。

冬魔草を見つける難易度だけでいえば、実は肉食魔物よりも高い。

でも僕には、【神眼】とウィンドたちがいる。

シエルさんには見えない位置で、ウィンドに話しかける。

「ウィンド……みんな呼べる？」

「はい！　お任せください！」

転移魔法が使えるのは僕とウィンドだけではない。他のウサギたちも使えるのだ。

聖域からあまり出たがらないが、僕からの頼みということもあってみんな快く引き受けてくれた。

報酬としてニンジンが必要だったけど……。

みんなを呼び出すと冬魔草の捜索隊が編成され、散っていく。

何かあったら僕に報告すること、危険だと思ったら迷わず転移魔法で逃げることは伝えてある。

あとは僕も【神眼】で検索を絞って周囲を視る。薬草や毒消し草といったものが表示されている。

意外とこの使い方は便利かも……！　冬魔草以外にも回収していこうかな。

ウキウキで僕は採取を始めた。

＊

少し離れた場所で、テレサは真剣に冬魔草を探していた。

それを呆れた様子でシエルが眺めている。

「ねぇ、僕らはまともに探さなくていいと思うよ」

「ダメ。ヒロに任せっきりはよくない」

「そうかなぁ。彼、何か秘策があるみたいだし、任せておけばいっぱい集まると思うけどなぁ」

テレサが僅かに視線を鋭くした。

（シエルはいつも怖いほど察しがよすぎる。私はそれが怖い）

シエルの実力は間違いなくトップクラスでありながら、人間社会でそれほど権力を欲するわけでもなく、従順に人間の下で動いている。

エルフは本来、傲慢で自信過剰な者が多い。

ヘラヘラと笑いながら、人を諭すようなエルフと会ったのは初めてだった。

「テレサこそ、僕には不思議だよ。人を避けて生きてきたくせに、どうしてヒロくんの傍にいるんだい？　どんな心の変化があったのさ」

「私の勝手。放っておいて」

テレサは数百年ほど生きるエルフであるものの、誰か個人と深い関わりを持つことは避けてきた。それが急に変化し、ヒロの傍にはいる。

シエルにはそれが不思議でならなかった。

「……知ってると思うけど、エルフ族にとって追放は罰だ。人間社会で生きることを強制させられる」

この世界においてのエルフは、人間と距離を置いて暮らしている。

エルフはエルフのみで、人間は人間のみで生活をしているのだ。

シエルが重く息を吐いた。

「なぜだか分かるよね。生きる時間が違うから、人間と深い関係を持ってしまうと、死の別れが辛いからだ」

「……知ってる」

「知ってるなら、悪いことは言わない。一人の人間だけに深く関わるのはやめておきなよ」

必ず自分よりも先に人との別れが来ることを、シエルは何度も経験している。

テレサは幼く、その経験をまだしていなかった。

「僕が見てきた同族には、共に時間を過ごすだけじゃ満足できなくて、死を共にするエルフもいた……愚か者だよ」

テレサは表情を変えないまま、薬草を探す。

「私は、あなたのそういうところが嫌い」

「え……？」

(愚か者なんかじゃ、ない)

アリアとヒロ。

その二人の関係を近くで見てきたテレサは、誰かと一緒にいたいと思うことに種族なんて関係ない、と考えていた。

テレサは内心でそう思いつつも、決して口にすることはなかった。

(私の学んだ大事なこと。誰にも教えない……私だけの秘密)

＊

冬魔草を集める時、僕は致命的なミスを犯してしまった。

そのことをテレサに半眼で責められる。

「ヒロ、これはやりすぎ」

「ごめん……」

「これは……想像以上だ。ヒロくん、凄いね……」

僕はウィンドたちの優秀さを忘れていた。彼らは聖域に住む精霊動物なのだ。普通の魔物よりも鼻が利いて、能力も格段に高い。

そのため、この付近の冬魔草をすべて回収してきてしまったのだ。

山盛りになった冬魔草が目の前にある。

シエルさんが頬を引き攣らせた。

「あれ……冬魔草って見つけづらいって僕言ったのに……どうやってこの量を集めたんだ……？　あれ？」

どうやったか方法を考えているようで、明らかに不可能だよね？　といった表情を向けられる。

僕は視線を逸らした。

まさか、ニンジンご褒美作戦がいまだに実行中とは思ってもいなかったんだ。

帰り際にウサギたちがホクホク顔で帰還していったのを、僕は忘れないだろう。凄く可愛かった……。

「ち、近くに群生地があったみたいで。運がよかったんです」

「運がいいでこの量は集まらない、ヒロ」

僕だってこんな高くまで積み上がるほど集まるとは思ってなかったよ！

あぁ！　せいぜいカゴいっぱいかなって思ってたのに！　この付近の全部か！

もちろんウィンドたちを責めたりはしない。ちゃんと褒めた。

なぜなら、僕が『どのくらい集めてほしい』と伝えていれば、こんなに集めることもなかったからだ。

純粋にみんなは、ニンジンをたくさんもらえると思って頑張ったからね。

テレサがため息を漏らした。

「まぁ、取りすぎちゃったものは仕方ない。分別しよう」

「うん、冬魔草以外にもたくさん薬草を取ったから、その方がいいと思う」

僕の【神眼】はやっぱり優秀で、薬草のランクづけまで行ってくれた。

品質が一発で分かるから、良質なものを先に選んで採取していた。

冬魔草以外の薬草も、冒険者ギルドは引き取ってくれるから、お金にはなるはずだ。

「ヒロはこっちの方がお金稼げるかもね」

「アハハ……初めて薬草採取の依頼を受けたけど、確かにそうかも」

うん、魔物を討伐する依頼よりも圧倒的に安全だし、僕の【神眼】もかなり役に立つ。

これも誰かを助ける立派な仕事だ。

薬草を分別しながら、テレサが言う。

「ヒロは、彷徨精霊のせいでアリアがいなくて寂しい？」

「うーん、まぁ、ちょっとね」

アハハ、と苦笑いを浮かべる。

突然そんなことを聞かれて、ドキッとした。

「寂しいけど……楽しみでもあるんだ」

「楽しみ？　何で？　ずっと一緒にいた方が、寂しくない」

「そりゃそうかもしれない。でも、会えないから何をしたら相手が喜ぶか考えたり、会った時に何を話そうか、とか悩んだりできる。だから、また会った時を考えてワクワクする」

この薬草よさそう……【神眼】で見ても品質がSランクと表示されてる。高値で売れるかな……いや、ポーションの素材にするのもアリかな。

そう悩んでいると、テレサの手が止まる。

「人間はそういうもの？」

「人間じゃなくてもそうだと思うよ」

僕から見ると、テレサは人付き合いが苦手なのだと思う。

出会った時も無表情だったし、鍛錬場で知り合いと顔を合わせても表情を変えることがない。

誰だって話すのが苦手な人はいる。僕も自分の意見を言うことは得意じゃない。

テレサが小さく頷いて、僕を見る。

「ヒロは勉強になる。また秘密が増えた」

「そ、そうかな……え、秘密？」

秘密って何だろう。

「何でもない」

その隣でシエルさんが「おぉ！　これとか珍しい薬草じゃないか。触るの久々だ……うん、手がいい匂いになるね」と笑っていた。

この人はこの人で自由人だし……エルフって癖があってみんなこんな感じなのかな。

そうして一通り分別を終えて、僕たちは冒険者ギルドへ戻った。

彷徨精霊と出会ったりするのではないか、と多少警戒していたのだけど、そんなことはなかった。


今日収穫した薬草の中で、僕が使うものは残して、余った薬草は冒険者ギルドへ納品した。

「もう帰ってこられたんですね」

「はい！　これ、依頼の分と……その余りです」

「はいはい余りですね……え？　余り？　この量が？」

「冬魔草以外にもあったので……」

大量の薬草はシエルとテレサに手伝ってもらうことで運ぶことができた。

受付嬢が頬を引き攣らせて、大量の薬草を受け取った。

「す、凄い量……せ、精算しますね……」

周囲にいた冒険者たちも「何だあの量……」や「すごっ」と声を漏らしていた。

あまりこういう目立ち方は好きじゃないんだけど……仕方ない。慣れるしかないな。

「こちらが報酬になります」

「ありがとうございます」

えっと……あれ、一枚だけ？　そんな少なかったっけ。

僕はその一枚を手に取る。すると、周囲の冒険者たちから「おぉ……！」といった声が漏れていた。

「これ、初めて見る通貨だ。何だろ」

「ヒロくん……君、たまに常識知らなかったりするよね」

シエルさんからそう言われて、ムーッと少し頬を膨らませた。

「僕だって通貨くらいは知ってますよ」

依頼の達成、余りものの薬草の納品と……かなりいい金額を稼げたはずだ。

確か、この世界においての通貨はだいぶ前にアリアから教えてもらっている。

銅貨＝百円
銀貨＝千円

金貨＝一万円
白銀貨＝十万円
大白銀貨＝百万円
この形式で理解ができた。

国によってまた通貨の価値が変わるらしく、物価の上下もあるのだとか。

ちなみに僕がいつも稼いでるお金は精々一日凄く頑張って金貨一枚くらいだ。

今回僕が報酬で受け取ったものは白っぽい銀貨。サイズは普通で、大きくはない。

つまり……これ、白銀貨？

「ヒロ、凄い。今日だけで白銀貨一枚稼いだ」

「こ、これだけで十万⁉」

どっと一枚のコインに重みを感じる。

ぼ、僕の十日分……。

はっ！　僕一人で稼いだわけじゃないんだ。えーっと、配分は三人だから……ちゃんと平等になるようにしなきゃ。お金は喧嘩の元だし！

僕はお金を振り分けて、シエルさんとテレサに渡す。

いい感じに稼げてしまったこともあり、ポーション作りも済ませてから、僕たちは一緒に食事を取ることにした。

「あっ、でも。僕あんまりエイヴリー領土のお店知らない……アリアなら詳しいかな」

「大丈夫、僕がいいお店知ってるから」

夕方付近だったため、アリアにも連絡を取ると『絶対行く！』と返ってきた。

外食かぁ～、昔からあんまりしなかったなぁ。こっちの世界でも初めてかも。

＊

とある一軒のお店。高台に位置しており、窓の外から眺めるとエイヴリー領土の街並みを一望することができた。

シエルさん、これいいお店っていうか、最高級のお店じゃないですか……！

メニューを見ると金額に驚愕したのは言うまでもない。

今日は全部奢るつもりだったのだが、『僕も半分出すよ』とニコニコしていた。

そうして合流したアリアの表情はゲッソリとしていた。

随分と疲れた様子で、テーブルに突っ伏している。

「あ、アリア、大丈夫？」

「ごめん、ヒロ。ちょっと疲れすぎて……」

彷徨精霊の件で相当忙しかったのだろう。

それ以外にも、ゾムさんの仕事を手伝っているとも言っていたし。

優秀な魔法使いといえども、事務作業もやるらしい。

あれ……そういえば、政治関係ならシエルさんも忙しいと思うんだけど……。

そう思い視線を向けると「うん？」と首を傾げられた。

「あぁ、僕は忙しくないよ。王都からは待機が命令されてるしね」

なるほど。だから、僕の付き添いもしてくれたのか。暇……だったのかな。

「暇潰しとしては丁度よかったよ。今日はヒロくんの天職を見つけたしね」

「い、いえ……薬草採取はたぶん、そんなやらないと思います」

「え？　何でさ。かなり稼げるじゃないか」

シエルが虚を突かれたような面持ちをする。

そうなんだけど……何事もやりすぎはよくない。

僕が採取しすぎてしまったせいで、次の人が採取できなかったり、その地で育たなくなってしまったりするかもしれない。

だから、抑え気味にする。

そのことを説明すると、三人に呆れられてしまった。

「「「はぁ……」」」

えっ、そんな変なこと言ったかな……と焦る。

「やっぱり子どもらしくない理由だった」

「ヒロ、大人」

「別に誰も怒んないわよ？　ヒロは仕事してるだけじゃない」

あっ、そういうこと。

また変なことを言ったのではないかと焦ってしまったが、違うらしい。

どちらにせよ、僕は薬草採取はあまりしない。

この稼ぎ方は、森や環境に悪影響が出てしまう可能性がある。

＊

「あっ」

「ワオン……？」

僕はその日、会ってはならない存在と会ってしまった。

それは冒険者ギルドで依頼を受けて、畑を確認したのちにお手製のテーブルに置いてあった……僕のお昼ご飯を食べに行こうとした時。

真っ赤な毛並みに、鋭利な牙……巷《ちまた》で噂されている彷徨精霊の外見とそっくりな動物がいた。

目の前にそれがいて、毛並みは泥だらけだし、痩せ細っている。

僕を見るなり威嚇してグルルゥと唸《うな》っている。

こっちに威嚇はしてるけど、襲ってくる様子はない……？

下手に刺激しない方がいいと思い、僕は近寄らずに悩む。

どうしよ……アリアもシエルさんたちもいないし。

すると、お昼ご飯を持って走っていってしまう。

「あっ……行っちゃった。ウィンド、さっきのが見たっていう彷徨精霊？」

ウィンドが顔を出して、頷く。

「はい。あの赤毛が、どこかの聖域から抜け出してしまった精霊です」

「そっか」

報告するべきかな……確か、討伐されちゃうんだよね。

そう悩んで、先ほどのガリガリに痩せ細った彷徨精霊を思い出してしまう。

……特に被害が出てるっていう話はない。それに人を襲う感じはなかった。

だって、狙っていたのは僕じゃなくてご飯だった。最初から人に危害を加えるつもりなら、
ご飯に興味を示すとも思えない。

その次の日も、彷徨精霊が現れた。

「こ、こんにちは」

僕が挨拶をするも、やはり警戒されてしまって「グルルゥ」と威嚇された。

こ、怖い……少しだけ。

そうしてお昼ご飯をまた持っていかれてしまった。

ほげ～っとしながら、僕は呟く。

「……どうしよう、また持っていかれちゃった。何を食べよう」

僕が作る料理は【異世界召喚】で手に入れた料理本から学んでいる。

少し自慢になっちゃうけど、僕の料理の腕はかなりいい。アリアたちからは奇抜とか、凄い美味しいと褒めてもらっている。

お店をやってくれないか、とも言われたけど、お店を開いて大繁盛したら大変そうだ……と思って断ってしまった。

僕はのんびりと暮らしたいし。

まぁ【神眼】で完全コピーして作っているから、そりゃ味がいいのは当然なんだけど、美味しいと言ってもらえるのは素直に嬉しい。

さらに次の日。

「また来てる」

今日は昨日と違って、僕の姿を見ても威嚇しない。視線はこちらを向いているが、牙は見せていない。

相変わらず泥だらけだ。

「気に入ってくれたの？」

僕がそう聞くも、返事なくご飯は持っていかれてしまう。

よし、少し多めに作ろう。

そんな日々が数日続いたある日。

「ヒロ～……慰めて～」

その日、疲労困憊のアリアが僕のところへ寄ってくる。

ドサッと寄りかかられ、重いと思う。決して口にはしないが……。

そこでふと疑問に思ったのか、アリアが言う。

「あれ、ヒロは何でこんなところに突っ立ってるの？　テーブルに座ればいいじゃない」

「いやぁ……あれがいるから」

「あれって？」

僕が指をさした方向を見る。

真っ赤な毛並みに、鋭い牙を見てアリアが叫んだ。

「う、うわぁぁぁっ⁉　彷徨精霊⁉」

あまりにうるさい叫び声だったため、僕とウィンドはお互いに耳を塞いでいた。

彷徨精霊も驚いて、ビクッと背筋を伸ばして走り去ってしまった。

「ああっ、あっ、あ⁉」

「お、落ち着いてアリア……」

「お、落ち着けない！　ずっと探してたんだからね⁉　今回の彷徨精霊は大人しすぎて全く見つけられなかったのに……ど、どうやったの⁉」

ど、どうやったのと聞かれましても……僕は特に何もしてない。

一度落ち着いてもらって、アリアにきちんと事情を説明する。

勝手に居着いてしまったこと、ご飯を食べに来ているだけとのこと。

ようやく落ち着いたのか、アリアが深呼吸している。

「そ、そういうこと……あぁ、ほんとビックリした……被害とかなかったの？」

「他の畑が荒らされたって報告はあったけど……肉食魔物って自衛も兼ねてるみたいで、荒らしに来た動物も返り討ちにしちゃうんだ」

あれ、じゃああの彷徨精霊がボロボロな原因ってもしかして僕のせい？

「き、気付かないうちにヒロが攻撃していたのね……」

「そんなつもりはなかったけど、そうなのかもしれない……」

それからアリアから詳しく聞いた話によると、目撃証言から彷徨精霊の名前はレヴァー・ウルフ。聖なる炎を司る神様の精霊と突き止めたのだそう。

「レヴァー・ウルフ……」

「討伐隊に教えなきゃね。害があまりないとはいえ、危険なのに変わりはないから」

「あの、それについてなんだけど……少し待ってもらえないかな」

「私は別に構わないけど、どうして？」

僕は少し、あのウルフについて考えてしまう。

ウィンドたちのような精霊を知っているからこそ、討伐されるのを可哀想だと思ってしまった。

「もしかしたら、討伐しなくてもいいかもしれないし」

赤色に染まった精霊は危険。それがこの世界の常識なのは理解している。でも、善悪はそれだけで決めていいとは思えない。

「人に害を与えなきゃいいだけなら、僕に考えがあるんだ」

僕にはレヴァー・ウルフが迷い込んだ子犬のように見えてしまった。

「ふふっ、また凄いアイデア？」

アリアが僅かに微笑んだ。

＊

エイヴリー領土に到着し、彼ら勇者たち専用に作られたキャンプ地で一人の青年が叫ぶ。

「彷徨精霊が見つからねえって……面倒くせ～！」

異世界転移組であるキョウイチは、大きなため息を漏らした。

自分たちがわざわざ王都からやってきて、命令された以上は断ることのできない仕事。拒否すれば追放……なんてことになってしまったら、慣れない異世界で生活することを強いられる。

「王都だと不自由ない生活だから、楽だしなぁ。早く帰りてぇ」

それにハルカが呆れる。

「あんたはそうよね。私はいい加減、元の家に帰りたい……」

「何だ、もうホームシックか？」

「うっさい、この馬鹿」

本気で怒っているような声音に、眉を顰める。

「そんな怖い感じで言わなくたっていいじゃん……実際、帰りたいってのは分かるけどな」

真剣な面持ちで、ハルカを見つめる。

「帰る方法が魔王を倒せって、まるでゲームみたいなことだけどさ。どこにいるかも復活しているかも分からない。なら、能天気くらいが丁度いいだろ」

「……あっそ」

ハルカが思う。

（キョウイチのそういうところのお陰で、まだ元気なんだけど……褒めると調子に乗りそうだ

から黙ってよ）

高校生の彼らにとって、急に異世界へ飛ばされたことはとてつもないストレスであった。慣れない環境、知らない人々に『勇者』などと勝手に祭り上げられる。

とてもじゃないが、気分がいいものではない。

（まぁでも、森で暮らすよりはマシかしら……何も知らない地で、いきなりサバイバル生活なんてできるはずがない）

王都での暮らしは、その辺りがかなり快適であった。召使いは大量にいるし、自分たちの部屋を掃除する必要もない。

「学校行って、その帰りに友達と遊んでる生活の方が……私は楽しかった」

「そういうこと。学校の奴らに会いたい気持ちは、俺もあるさ」

「全然そうは見えないんだけど……？　全く」

聖女のスキルを手に入れていたハルカは、杖を持って外に出る。

「ハルカ、どこに行くんだよ」

「そろそろ本気で探すの。ほら、行くよ」

「へいへい……」

他の兵士たちが騒めく。

「ついに勇者様たちが動くぞ……！」

「やっと帰れるのか！」

彼らの実力は、こちらの世界に来た時よりも数段上がっている。もはや、王国騎士団の精鋭にすらその実力は並ぶ。

「そういや、魔法使いでいえば……この領土だとアリアって人がいるんだっけな。すっげえ優秀だとか」

「へぇ～」

「あぁ、会ったことないけど、かなり可愛らしい子だって兵士の人たちが言ってた」

「そんなに気になるの？」

「まぁな。お前いるし」

「――――ッ!!」

咄嗟にハルカが振り返って、頬を赤く染める。

「魔法使いなら」

キョウイチは同じ魔法使い、という意味で気になっているのだろう。

「くっ！」

ハルカが握りこぶしを作って、奥歯を噛みしめている。

そうして思う。

（魔法使いとして私が必要なだけか～！）

「この馬鹿、絶対いつか殴ってやる……」

「えっ……何で」

何を怒られているのか一切理解していない様子で、キョウイチは首を傾げる。

「もういい！　ふんっ、スキル聖女――【聖域探索《サンクチュアリ・サーチ》】」

ハルカの足元から白い光が広がる。

それは森全域へと伝わって、ハルカの脳内に点々と何かが表示されていった。

精霊を探す魔法をハルカは習得していた。エイヴリー領土に到着してから彷徨精霊が見つからないことに痺れを切らして学んだのだ。

精霊にしか反応しない探知魔法を使う。人間や魔物は探知しない。

「……一、二。うん、精霊が二体いる。大きいのが手前、その奥に小さいのが一つ」

（あれ？　情報だと精霊は一体しかいないんじゃ……）

キョウイチがハルカの肩に手を置く。三人目の転移者、エミも手を置いた。

「オッケー、スキル【情報共有】」

「私も」

これによってハルカの探知した存在を、共有することができる。

「把握した……行くか！」

キョウイチが地面を蹴って飛び出す。

土煙が舞い、その場の全員が目元を隠す。

「あっ、ちょっと！　もう！　また勝手に飛び出して！　……前より速くなってない？」

スキル剣聖――――己が剣を手にしている間、自動で経験値を取得しレベルが上がる。

時間が経てば経つほど強くなるチートスキル持ちであった。

「早く行って止めないと。キョウイチって、熱くなると周りが何も見えなくなるし……」

（まぁ、私たちが着く頃には討伐してそう……反応が二つあったのが気になるけど）

＊

畑の傍には大きな森があって、そこからいつもレヴァー・ウルフはやってくる。しかし、今日は姿を現さない。

「今日は遅いね」

僕はレヴァー・ウルフのお昼ご飯を作るようになっていた。

あれから距離を縮め、一緒にご飯を食べることができるようになっていた。

人間を怖がっているのか、警戒心は相変わらずのままだが、僕たちが危害を加えないことを理解しているようだ。賢い。

この時間に来るはずだけど……どうしたんだろう。

探すか。
僕のステータスは、半年前と比べてかなり成長していた。

名前：秋元ヒロ
レベル：93　種族：半神
体力　240／240　知能　60／60　魔力　1002／1002
素早さ　67／67　幸運　10／10　器用さ　100／100
【スキル】
・神眼　・神の絶対防御・健康　・異世界召喚
【魔法】
・防御魔法　・破滅砲（使用可）　・転移魔法　・認識阻害　・吸収魔法　・洗濯魔法
・錬金魔法　・探知魔法　・飛行魔法　・変身魔法

え～っと……探知魔法で探せるかな。
単純な魔法だが、実はかなり習得が難しいらしい。

図書館で図付きの書物を【神眼】で読んでいたら簡単に使えるようになってしまった。

アリアたちには黙っているのだが、いざ使ってみるとかなり便利だった。

便利さでいえば、飛行魔法もかなり使いやすい。これはシエルさんが使っていて、訓練中に自慢してきたことで覚えた。

他にもいくつか覚えたのだが……今はいいか。

「【探知魔法《サーチ》】」

僕の足元から透明な光が全方位に広がる。

この魔法が難しいと言われている理由は、情報の多さが原因だ。普通は魔物や人間、精霊だけとか対象を絞るのが普通だ。

普通の探知魔法では、無尽蔵に周囲の情報が脳内に入ってくる。周辺の無数にある薬草や小動物たち、地脈の動きまでも把握ができる。

それを処理できる人間は少なく、下手をすれば情報量だけで気を失うのだ。

【神眼】がなければ、僕もそうなっていたかもしれない。情報の優先度を【神眼】に任せ、僕が探している対象のみを表示させる。

この辺を俯瞰したような映像が脳内に入ってくる。

「……いた」

早い段階からレヴァー・ウルフの魔力の流れは覚えている。

それを間違えることはない。

ないけど……少し離れた場所に変な三人の気配があるな。レヴァー・ウルフと位置が近く、何やら警戒しているように見えた。

あっ、三人のうちの一人が飛び出した……速い。

その動きを注視していると、迷わずレヴァー・ウルフに突撃していることに気付く。

これ、討伐隊の人たちか⁉

まずい！　レヴァー・ウルフを討伐するつもりだ！

アリアは報告せずに黙っていてくれると約束した。ならきっと見つかっちゃったんだ！

人間を害するかもしれないから殺す。

……その言い分はもっともだ。自分たちの安全が優先なのは当然だ。分かるし、間違ってるとも言うつもりはない。

僕の頭に乗って、ニンジンを食べているウィンドを見る。

「ヒロ様？」

傍にいるウィンドと、美味しそうに毎日僕のお昼ご飯を横取りしていくレヴァー・ウルフの違いが、僕はよく分からない。

そっとウィンドを下ろす。

精霊を神聖化しながらも、危険な存在になったら殺そうとすることに僕は納得がいかない。

「……【飛行魔法】」

討伐隊の人たちも仕事なんだ。でも、話してダメなら考える。

僕の体がフワッと浮く。この魔法も制御がとても難しく、感覚も独特だ。

今は飛べればいい……！

魔力を集中し、足元に薄い膜を展開した。

今からすることは、少し特殊だ。自分が怪我をしない保証もない。

ここからレヴァー・ウルフの位置へ向かうには時間がかかりすぎる。

だから……この方法を使う。

「ちょっと行ってくるよ、ウィンド……ファイア」

足元から強烈な炎が溢れた。

加速をつけて、一気に飛ぶ！

そうして僕の体は、天高く宙を舞った。

レヴァー・ウルフを助けるために飛び出した僕は、シエルさんからもらった短剣を手に持つ。

高く飛び上がると、感動してしまう。

晴れた天気に、ほどよい風……凄く気持ちいい……。

そう思えたのも一瞬で、ファイアによる加速で飛び上がったが問題が発生した。

飛行魔法は制御がむちゃくちゃ難しい。

シエルさんも言っていたけど、浮くだけでも相当な集中力が必要だ。

そこに姿勢制御や加速の制限なども演算しなければならない。

着地なども計算して……とか言ってたけど、僕は着地のことを考える必要がない。

神様のスキル【絶対防御】がある。痛みは多少あるかもしれないけど……！

「見えた」

上からならば、【神眼】の遠視で見つけることは容易だ。

既に戦闘状態のようで、レヴァー・ウルフと一人の青年が戦っている。

やっぱり、レヴァー・ウルフが一方防戦だ。

青年の剣術も相当のようで、レヴァー・ウルフの動きを見切って斬りつける。

ウルフの叫び声が響く。

「キャウンッ……‼」

「レヴァー・ウルフ！」

僕が名を叫んだ。

その声に青年が気付く。

「ん⁉　空に子ども⁉」

足元に魔力を込める。

行け……飛べ！

大量の爆炎を纏いながら、僕は一直線に地面へ飛ぶ。

＊

ヒロの突撃によって、バァァァンッ……‼　と衝撃が走る。

あまりの揺れに、キョウイチが姿勢を低くした。

「な、何だ⁉　すげえ速え……！」

キョウイチが目の前の出来事に冷や汗を流し、苦笑いをこぼした。

「もしかして、王様が言ってた魔王四天王か……？」

この世界のどこかに存在する魔王の忠実な配下。

たった一人で小国を滅ぼすほどの力を持つ彼らが、襲ってきたのではないか。そうキョウイチは錯覚する。

息を呑んで、高く舞い上がった砂埃を眺める。

ヒロが短剣を振り下ろした。

シエルがプレゼントした短剣は、風の加護を持った短剣であった。

ひとたび振れば、周囲に強烈な風を吹き起こす。

霧散したヒロは、初めてキョウイチと出会う。

ヒロが呟く。

「地球人……？」

「ん……？」

ヒロは地球人に驚き、キョウイチは地球人という単語に首を傾げる。

すると、キョウイチの後ろから数人の援軍が現れた。

「キョウイチ！」

「おっ、やっと来たかハルカ」

「あんたが速すぎんのよ……それよりも、さっきの揺れは何？」

「アレだよ」

ヒロを指さし、異世界転移人組が驚く。

「子ども……!?」

「あんな小さい子が、アレだけの衝撃を……？　信じられない」

レヴァー・ウルフが、ヒロの服を噛む。

「ガウッ」

すると、顔を擦るような動きをヒロに見せた。

（……？　あっ、顔を隠せってことか！）

ヒロはそこで、自分がどうして変身魔法を使わずに飛び出してしまったのか、と後悔する。

（顔が広まってしまえば、僕が助けたことで、アリアたちに迷惑がかかってしまう）

「……今さら遅いかもだけど、【変身魔法】」

旅芸人の人たちを街中で目撃し、演劇で使う変身魔法を【神眼】でコピーしていた。

ヒロの姿が変わる。

キョウイチが叫んだ。

「す、姿が変わった……!?」

「やっぱり四天王の一人じゃ。あんな可愛い子どもの姿が本体なわけない……！」

（まずい。何のことだかさっぱり分からない……）

ヒロは混乱しながらも、今の状況からとりあえずレヴァー・ウルフを逃がすことを考えていた。

話し合いをしようにも、戦闘中にいきなり割って入って『話を聞いてください』と言っても信用してもらえないとヒロは分かっていた。

「レヴァー・ウルフ。走って逃げられる？」

「ガウ……」

ウルフが小さく頷く。

（うん、走れそうだ。このまま一人で逃げてもらって……）

ヒロの中では、自分が残って囮になるつもりでいた。

だが、レヴァー・ウルフはそれを許さなかった。

「バウッ」

「ほえ?」

レヴァー・ウルフがヒロの首根っこを口で掴んで、ひょいっと持ち上げる。

そのまま走り去っていく。

その光景を見ていた討伐隊が声を漏らす。

「咥えていっちゃった……」

呆然としている中、ハッと気付いたキョウイチが地を蹴った。

「逃がすかよ!」

またも単独の独断専行だが、責める者はいない。

誰も彼らの速度に追いつくことができないのだ。

ヒロが【神眼】で観察し、唯一追いかけてきているキョウイチを冷静に確認する。

「一人追いついてきてる……やっぱり、あの人は振り切れないか」

「バウッ」

(……僕を置いていけない、と思って連れ去ってくれたんだろう。それは嬉しいけど)

追いかけてきている人物は、かなりの強者であると判断していた。

対話で何とかなるのなら何とかしたいが……こうなれば逃げきれてしまえば対話は必要ない、

とヒロは思う。

追ってきているキョウイチへ、創成魔法を向ける。

「幻影魔法――――花園」

ヒロを中心に紫色の煙が広がった。

風下にいたキョウイチは、それを直接嗅いでしまう。

「なっ！」

キョウイチが驚く。

先ほどまで自身が見ていた世界が歪み、森が一変する。

（何だ⁉　葉が花びらに……森の匂いも変わった）

「すげえ魔法……初めてだ」

この世界に来てから、一度だって見たことのない魔法。この世界を初めて美しい、とキョウイチは思う。

幻影を見せられたことで、目標を完全に見失ったキョウイチの足が止まる。

「はぁ……目だけならまだしも、鼻まで潰されたら無理だな」

剣を鞘《さや》に納め、ヒロを思い出す。

「俺のこと地球人、って言ったよな……何者なんだ？　アイツ」

（それに彷徨精霊を守ってた。何のつもりだ……？　俺に対しても攻撃を仕掛けるような仕草

はなかったし……その証拠に、幻影魔法で足止めで終わりだ。あの状態なら、背後から奇襲でも仕掛ければいいはず……）

そこまで考えて、首を横に振る。

「分かんね〜！　こういうのは俺の得意分野じゃないんだよな……帰ってハルカたちに相談してみるか」

自分たちと同じように、異世界からやってきた人がいる。

その可能性を得られただけで、十分すぎるほどの収穫だった。

＊

討伐隊から逃げることに成功した。

僕たちの頭にいくつか木の枝が刺さっていた。

森の中を突っ切るの、もう嫌かもしれない……。

ウィンドが僕の頭に乗っかって、頑張って一本ずつ引き抜く。

「ふんぬ〜！」

幻影魔法で何とか振り切れたけど……危なかった。

凄く速かった……戦いになれば、確実に負けていた。

シエルさんと剣術の訓練をしているとはいえ、僕はまだまだ素人だ。

「バウ……」

レヴァー・ウルフが僕の頬を舐めた。

感謝して、いるのだろうか。

「気にしなくていいよ。僕が勝手にやったことだ」

優しく頭を撫でる。

なぜ、人間社会に迷い込んで彷徨化してしまっただけで殺されなければならないのか。

僕はただ、それが認められないから助けた。ただのエゴだ。

感謝されたくてやったわけじゃない。

「でも……助けたからには面倒見るよ」

「バウ？」

「レヴァー・ウルフがいいなら、でいいんだけど。僕のところに来る？」

少し恥ずかしい。まるで告白をしている気分だ。

人同士なら、少し遠回しな言い方ができるが……相手は狼だ。

直接的じゃなければ、きっと伝わらない。

僕の言っている意味が伝わったのか、レヴァー・ウルフが固まる。

瞳が徐々に輝き、潤んだ。

「バウ！」

僕のところに来て、ご飯を食べて、懐いて……厄介な野良犬を拾ってきた気分だが、悪くない感情だった。

一度拾ったら、死ぬまで面倒を見る。

これは常識だと思う。

＊

自宅へ戻ってアリアに事情を説明すると、怒られるよりも先に驚かれてしまった。

「と、討伐隊から逃げられたの⁉」

「う、うん」

「よ、よく逃げられたわね……噂だと、三人の勇者がいるって聞いてたけど……」

「運がよかっただけだよ」

実際、彼らの実力は【神眼】で測ることができた。

明らかに僕よりもステータスは高かったし、剣を交えれば勝ち目はなかった。

潜在的能力と、長い目でみれば僕の方がいつかステータスも超せるのかもしれないが、今は無理だ。

それに最初から真っ正面から戦うつもりもなかったし。

レヴァー・ウルフは少し離れた場所で、一人で丸まって眠っていた。体も傷だらけだし、相当無理をしたらしい。

「それで、ヒロは飼うつもりなの？」

「うん。できることはするよ」

「そう。なら、分かったわ」

意外なことに、アリアは素直に受け入れてくれた。

僕に危ない真似はしてほしくない、といつも言ってくれていたからもっと反対されるのだと思っていた。だから、これには少々驚いた。

「討伐隊の方は任せといて。私がやっとく」

「ありがとう。いつも迷惑かけてごめん……」

「い、いいの……！　それよりも、ほら」

レヴァー・ウルフを指さす。

このままでは一緒に暮らすこともできないだろう、と暗に言っているんだ。

「ヒロが何とかするって言ったら、本当に何とかしちゃうと思うけど、どうするの？」

「えーっと……まだ未完成なんだけど、これを使うんだ」

苦笑いを浮かべる。

僕は懐からお手製の首輪を取り出した。

＊

「ガウガウ～！」

レヴァー・ウルフが畑を走り回っている。

それを見ていたテレサが半眼のまま呟いた。

「……えっ、何で彷徨精霊がいるの。ヒロ」

「最近拾ったんだ」

「へぇ～」

傍で見ていたアリアが頬を引き攣らせる。

「何で『へぇ～』で受け入れられるの……？　私、驚いて叫んだんだけど……」

「これでも驚いてる。ほら」

自分の顔を指さしているが、僕とアリアは何も分からない。

テレサ、表情変わってないよ……？

「私は感情豊か」

「どこがよ……」

僕にはテレサがボケ～っとしている印象しかないため、感情の機微が読み取りづらい。

ちょっと前に『毎日、何食べてるの？』と聞いたら、『分からない』と返ってきたから驚いてしまった。

「ヒロ、今日のご飯は何」

「テーブルに置いてあるよ」

「分かった」

彷徨精霊にはもう飽きたのか、テレサはそそくさと家の中へ入っていってしまう。

アリアが怪訝な眼差しを向ける。

「テレサってああやってよく食べに来るの？」

「うん。じゃないとテレサ死んじゃうし……」

「えぇ……」

テレサが三日間姿を見せない日があって、家を訪ねたことがあった。すると、自宅で倒れて『ご飯……』と呟いたのだ。

そんなギリギリになるまで研究に没頭できるのはある意味才能だが、やりすぎはこちらの心臓によくないから勘弁してほしい。

シエルさんは毎日、いいレストランに通っているというのに……同じエルフでもここまで違うんだ。

「ねぇ、ヒロ……？　私も、毎日来ちゃダメ……？」

「大丈夫だよ。ご飯作るくらいなら、僕も楽しいし」

試してみたいレシピはたくさんあるのだが、僕一人では食べられる量に限界がある。

【神眼】でレシピは記憶しているが、一回作らないと感覚が掴めない。

「やった……！」

そう小さな声でアリアが呟くが、よく分からず首を傾げた。

あっアリア、聖域にいた時も僕のご飯美味しいって言ってたし、楽しみなのか。

そういえば、最近はあまり料理を振る舞ってないな。

「ガウ！」

レヴァー・ウルフが僕に突進してくる。

ゴーン……！　と鈍い音が響くが、僕にダメージはない。

「首輪、気に入ってくれたみたい」

「ガウ！」

僕が作った首輪は、特別製だ。

アリアにプレゼントした指輪のように、特殊な魔法がかけられている。

「にしても、ヒロって凄い道具作るわよね……」

「そうかな。あったら便利だな～って魔法をかけ合わせてみただけだよ」

「それが難しいって話なんだけど……」

僕が首輪にかけた魔法は、簡単に言うと二種類ある。

位置特定の魔法と、透明魔法。

位置特定は探知魔法の応用で、透明魔法は幻影魔法の応用だ。

僕が探したい、と思ったら位置が分かるように。レヴァー・ウルフが危険な目に遭ったら透明魔法が発動するようになっている。

「一体、これを売ったらいくらになるのやら……お城くらいは買えるんじゃないかしら」

アハハ……本当にそれくらいになったら、食べるのには困らないかも。

「あとは、これ。ほいっ」

聖域の食べ物をレヴァー・ウルフに投げる。

空中でキャッチして、もぐもぐと食べ始めた。

転移魔法であちらから持ってきていたものだ。

「聖域の食べ物……？　それが何なの？」

「うーんとね。彷徨精霊が赤くなる理由は、空気にある魔力の問題なんだ。聖域とこちらの土地では環境が違う」

「そうね。でも、それが解決できないから狂暴化しちゃって大変だって話で……」

「聖域で育った植物は、聖域の魔力を吸って育つ。つまり……」

そこまで言うと、アリアが目を見開いた。

「聖域の魔力が込められてる……！」

「そういうこと」

こちらの世界では一度彷徨化してしまうと、元に戻ることはできないと言われている。

「じゃあヒロ！　これならレヴァー・ウルフの毛色が……！」

「ガウ？」

「あれ」

もちろん、そう簡単に戻ることはない。

「でもねアリア、実は少し戻ってるんだよね……」

「そ、そうなの……？　どこも変化がないように見えるけど」

ふふん、それはそうだよ。

だって、僕も見つけるのに苦労したんだから。

「ほら！　ここ！　この胸のところ！」

ぴょん、と一本だけ白くなっている毛を見せる。

「ただの白髪じゃない……？」

「違うよ！　聖域の食べ物を与えてからなんだ！」

「あぁうん……」

まだ証拠は少ないが、実際に彷徨化の症状は抑えられている。

ちゃんと白い毛に戻して、聖域に戻せたらいいなと思っている。

どこから来たかも教えてもらわないといけないけど。

あれからアリアがゾムさんたちと討伐隊の方を何とかしてくれたようで、レヴァー・ウルフは討伐されたことになった。

毛の色も誤魔化さなくちゃいけないが、認識阻害魔法で隠せるから問題はない。

勇者と言われる三人組も王都へ帰還した……そう、街中で聞いた。

そんなある日、僕の家を誰かがノックした。

「は～い」

その時の僕は、不用心だったのだと思う。

特に警戒することなく玄関を開けると、若い青年と二人の女性がいた。

「おっ、本当に住んでる」

「えっ」

「よっ、少年！　お前に幻影を見せられて以来か？」

はにかむような笑みを向けられ、数秒固まってしまう。

この人は……レヴァー・ウルフ討伐の時に、いた人……！

勇者と呼ばれている、僕と同じ異世界人――――。

そして、僕と同じ、特殊なスキルを持っている人たちだ。

＊

彼らは、キョウイチ、ハルカ、エミの三人組であると教えてくれた。

自分たちが異世界から召喚され、無理やりこちらの世界に連れて来られたこと、帰る方法を探しているとも教えてくれた。

「ごめんね、ヒロ……討伐したことにする条件として、彼らがヒロと会わせろって」

「ううん、大丈夫」

なるほど。

でも、王都へ帰還したと聞いたけど……。

キョウイチが僕の表情から読み取ったようで、答えてくれた。

「俺たちはお忍びで来てるんだ。特にハルカが王都の奴らは信用ならない、っていうからな。ここに来たことも、お前のことも秘密だ」

「当たり前でしょ。討伐隊の中にも、私たちを監視する人がいたくらいだし」

確かゾムさんも、国政の人たちにはあまりいい印象を持ってはいないと言っていた。

異世界人である彼らが、余計に信用できないと思うのは当然のことなのかもしれない。

「まぁ、とにかく安心しろよ。彷徨精霊はきちんと討伐した扱いになってるから、狙われる心配はない。俺たちも敵対するつもりはない」

「あ、ありがとう」

素直に感謝を述べると、キョウイチから柔らかい笑顔を向けられる。

キョウイチ以外の二人は、表情が強張っていて緊張している……。

「でも……凄い場所に住んでるんだなぁ。お前の魔法も初めて見たし」

「家も魔法も自分で作ったんだ」

「えっ、自分で!?」

「うん。あっちには温泉もあるよ」

そういうと、ハルカという女性が叫んだ。

「温泉!?」

「う、うん。エイヴリー領土は体を癒やす源泉が湧いてて、地脈的にも僕の家に流れてるんだ」

「は、入ってもいい?」

ガツガツ来られて、数歩下がる。

な、何で温泉でこんなに騒いでるんだろ……。

「い、いいけど……」

「ごめんな、ヒロ。こいつ、長いこと水風呂でストレスすげえ溜まってるんだわ」

あっ、そういうこと。

思い出してみれば、この人たちはずっと野外に拠点を作って生活していたようだ。

ハルカが握り拳を作る。

「エイヴリー領土には温泉があるっていうのに、急いで帰れって言われて帰らされて……頭に来てたんだから仕方がないでしょ！」

彼らはお忍びでやってきたということで、長居はできない。そのため急いでハルカとエミの女性陣がお風呂へ向かった。

その間に、僕は夕食の準備を始める。

アリアは申し訳なさそうにしていて、そのことを問いかけると罪悪感があるとのことだった。料理を手伝いながら、話してくれる。

「本当は私が何とかするつもりだったんだけど……『俺たちが討伐したことにする。誰にも話さないから、会いたい人がいる』って迫られて……」

「それで僕だったんだね」

「うん……かなり気になってたみたいで」

僕が異世界人であることは、誰にも話していない。

話すつもりはないけど、アリアも薄々感づいているのかもしれない。

「僕も会いたかったから、心配しないで」

「本当……？」

「うん」

できる限りアリアの気持ちを和らげるため、微笑んで見せる。何とかしてくれただけで十分すぎるのだ。

客席に座っていたキョウイチが、その光景を静かに眺めていた。

料理を一通り作り、テーブルに並べていく。

この世界の料理はまだ詳しくないが、地球の料理ならば知っている。

キョウイチが突然、驚く。

「おぉ！　すげえ豪華だな……うわっ⁉　なんか横にいる！」

「……誰？」

「いや、それ俺の台詞《せりふ》なんだけど……」

テレサが現れていた。

あっ、夕ご飯を食べにくると言っていたことをすっかり忘れていた。

まぁ人数分はあるし、大丈夫か。

「エルフなんて久々に見たぜ……他にもいたんだな」

僕が問いかける。

「キョウイチも知り合いにエルフがいるの？」

「ま、まぁ……あのー、緑髪のヘラヘラした男なんだけどさ」

僕とテレサが一緒に上を向いた。

おそらく、同じ人物を思い出しているのだろう。頭の中でも『アハハ』と笑っている。

「もしかして、シエルさん？」

「そうそう。あれ、知り合い？」

「剣を教えてもらってるよ」

「マジか！」

キョウイチも剣を教えてもらったことがあるようで、「かなり優秀」と褒めていた。

実際、教えるのはかなり上手だと思うし、相手の立場に立って物事を考えてくれる人だ。

それから、ハルカたちはお風呂に入ってきてスッキリしたようで、先ほどよりも表情が柔らかくなっていた。

気が付けば家には何人も人がいて、騒がしくなっている。

ほんわかとした灯りに照らされて、ふと僕は胸に手をあてる。

「……っ」

「どうしたの？　ヒロ」

「な、何でもないよ。ちょっと薪がないみたいだから、持ってくるね」

火魔法で着火はできるけど、継続的に火は使えない。

僕は家を出て、裏手に回る。

手ごろな薪を選んでいると、突如声をかけられた。

「なぁ」

ビクッとして後ろを振り返ると、キョウイチがいた。

腰に剣を据えて、真面目な面持ちで立っている。

「ヒロは、帰りたくないのか？」

「か、帰るって……？」

「元の世界に」

僕の目をじっと見つめて、キョウイチは動かない。

そんなことを聞かれるとは思ってもおらず、数秒ほど返事に困ってしまう。

僕はこっちの世界に来てから、帰りたいと思ったことは一度もなかった。意外なことにも、考えたことがなかったんだ。

「うーん……」

「俺たちとは違って、ヒロは本当に一人ぼっちでこっちに来たはずだ。普通は帰りたいだろ？」

元の世界の生活を思い出してしまう。

夜遅くまで仕事をして、使いもしない書類や企画を作ったり……少しでもミスれば上司には叱られて、誰も認めてくれる人はいなかった。

褒めてくれる人もいなかった。僕が愚痴を溢せば、それは甘えだと叱られる。頼まれると断れないと知って、みんな僕を利用するだけ利用した。僕も断ればよかったのに、人の顔色を窺ってばかりでできなかった。怒られたり、失望されるのが怖かったんだ。

だから、一人ぼっちだった。

それに対して、こっちの世界は温かかった。

アリアやウィンドたちと暮らして、毎日が楽しい。

さっきも、みんなには言えないけど……心がポカポカした。

「帰りたい……と思うのは、普通だと思う。でも、こっちの暮らしも悪くないから」

彼らは帰りたいと思っている。僕にそれを否定するような酷いことはできない。

「だから、ちゃんと暮らして……それでも帰りたいと思ったら、帰るよ」

中途半端な回答だとは分かっているが、それが今の僕の答えだ。

キョウイチは僅かに視線を下げて、頷いた。

「……そっか！　まぁ、どうせ帰り方なんて分かんねえけどな！　ハハハ！」

「か、神様に会ったら、帰る方法を聞いてみるよ！」

「神様かぁ。そうだな、いたら聞いてみてくれよ」

「本当にいるよ」

「そかそか！　じゃあ期待しとくわ！」

キョウイチは信じていないようで、手を振って家に戻っていく。

ほ、本当にいるんだけどなぁ……まぁ、会ったことないと分かんないよね。

もっと僕のことを聞かれるのではないか、と思っていたのだが、キョウイチたちも大人なようでズカズカと踏み込んだことは聞いてこなかった。

ただ、やっぱり僕も異世界人であることは気付いている。当然か……元の世界の料理出しちゃったし。

でも、言い触らしたりはしないようで隠すと約束してくれた。

四章　冒険者ギルド

「昇格試験ですか？」

同じ異世界からやってきたキョウイチたちに別れを告げ、平穏な日常に帰れるか不安だったものの、無事に生活は元通りになっていた。

そんなある日、冒険者ギルドで依頼を受けていると、受付嬢のカーミラさんに呼び止められたのだ。

「はい。ご存じかもしれませんが、冒険者ランクは最上位でSSランク。一番下がDとなっております」

あぁ、最初に説明されたっけ。【神眼】が発動し、情報を引っ張り出してくる。

冒険者ギルドはSS、S、A、B、C、Dとランクづけがされている。

基本的にBランクが中堅クラスで、二十年〜三十年ほど活動したベテラン冒険者が行き着くことが多い。駆け出しでも三年ほど下積みを重ねてようやくCランクになることができるのだ。

その上で、Dランクの僕はまだ冒険者の活動を開始して一年も経っていない。

「だいぶ早いような……」

「早くなんてありません。昇格試験は達成した依頼数で受けることができるんです。ヒロさんはとっくに達成してますよ」

そういって僕の受けた依頼書一覧を渡される。

合計依頼達成は百を超えていた。

あれ、いつの間に。

僕が気付いていない間に、随分と依頼を達成していたらしい。

楽しいと夢中になっていたら、こんなことになっていたとは。

「それにアリアさんからの推薦もあります。既にヒロさんの実力ならBランクになっても十分に通用します」

Bランク、という単語に周りにいた冒険者たちが騒めき出す。

——今、Bランクって言ったか……？

——俺ですら活動して数年経つが、まだCだぞ。

「アリアが推薦を？」

「はい。『ヒロは絶対にSSランクになれる才能がある！　なのに、Dのままなんて絶対におかしい！』と顔を合わせるたびにおっしゃってましたよ」

あ、アハハ……アリアなら本当に言いそう。

僕を認めてくれるのは嬉しいが、少し恥ずかしさもあった。

「僕はコツコツ積み重ねる方が好きなので、そんなに昇格に興味はないんです」

「ですが……ヒロさんはとても素行がよくて評判もいい。実績があるのにいつまでも放置しておくと、上からも怒られちゃうんです。過去にもそれで一部の冒険者が暴動を起こしたこともあるんです」

ほう。

つまりは実績があるのに燻ぶられていると、冒険者ギルドは正当に評価をしない組合だと勘違いされることが、カーミラさんたちは嫌なのだろうか。

確かに一理ある。

「受けてもらえると非常に助かるのですが……私の実績にもなりますし」

「あっそういうことなら、分かりました」

いつもカーミラさんにはお世話になってるし、それくらいならお安い御用だ。

別に昇格したからといって、ランクの低い依頼を受けられないわけじゃない。

これといって損はないが、僕は危険な依頼は受けないから得もないのだ。

「うしっ……！」

なぜかカーミラさんがガッツポーズをする。

「そ、そんなに嬉しいんですか……？」

「あぁいえ、ランクの上がった冒険者には専属の受付嬢が付くんです。その人の担当さんみたいなものです」

「へぇ～」

カーミラさんがにやりと、他の受付嬢たちに対してなぜか笑っている。

おお……相手の受付嬢たちも悔しがってる……どういうこと。

僕はう、うん？　と首を傾げて眺めていた。

よ、よく分からないことで喜んでる……。

「では、後日に試験の内容を教えますね！」

「はい。よろしくお願いします」

小さくペコリとお辞儀をして、僕は踵を返した。

試験かぁ……元の世界だと高校受験と大学受験があったっけ。そのあと就職活動……ハハハ。

はぁ……正直、勉強は得意な方だが試験は嫌いだ。とてつもないストレスに晒されながら勉強するなんて、絶対に体によくない。

実際、胃潰瘍になったりしてたし……思い出すのはよそう。胃が痛くなってくる。スキルのお陰で不調はないけど。

少し不安を感じつつ、僕は肉食魔物の様子を確認しに行った。

「チビ肉食たち、ちゃんと育ってるかなぁ」

畑のためだけでなく、僕の中では可愛い子どもたちのように思っていた。

その後ろ姿をカーミラが眺め、視線を下に落とす。

「うへへ……これで私がヒロさんの専属……」

カーミラの狙いは最初から専属であった。冒険者ギルドの受付嬢の中でも、評判が高かったものの、最近なぜかさらに評価が上がっていた。

それはアリアのせいであった。

仕事でやってきたアリアはゾムの屋敷でも冒険者ギルドでもヒロの話ばかりしていたのだ。その影響か、陰でファンが増えていた。

評判とは、つまりこうだ。

——可愛い。

さらに、たまに見せる大人びた言動や行動。お人好し具合が拍車をかけてファンの増加に繋がっていた。

受付嬢たちの満場一致の意見によって、修羅場と化した冒険者ギルドでは『誰がヒロの専属になるか』が争われていた。

「専属になると恋仲になる受付嬢さんもいるって聞くし……うへ、うへへ。おっと」

勝手にカーミラが想像し、よだれを拭う。

（大人びているのに、たまに見せる子どもらしい一面が可愛くて……アリアさんが惚れるのも分かります）

カーミラがヒロのことを考えていると、女性の叫び声が響いた。

「いいじゃんかよ、別に！」

「いやあの……だから困るんです……依頼でしたら、お聞きしますので」

カーミラが顔を上げると、隣の受付で一人の冒険者が怒鳴っていた。

体格がよく、腕には冒険者ギルド公認の腕章が付いている。

「チッ……」

悪態をついたまま、その冒険者は離れていく。

カーミラが心配になって声をかける。

「どうしたの？」

被害を受けた受付嬢がため息を漏らした。

「お金貸してって……あの人、既に冒険者ギルドからかなりの借金してるのに」

「……あの人確か、雷鳴のファングだよね」

カーミラはその冒険者のことを知っている。

「確か、評判が悪いから、他の受付嬢も怖がってあまり相手したくないって言う」

事実、他の受付嬢もファングが来ると裏手に隠れてしまうことがある。

「そういえば、カーミラ。これ、昇格試験の書類よ」

「あっ、ありがとう」

そうして、カーミラが昇格試験を確認する。

「げっ……最悪じゃん」

頬を掻く。

今年の試験は比較的簡単なものだ。前年度であれば、一週間の野外試験であった。だが、今年度は厄介だった。

試験官との模擬戦――通常、これだけであれば困ったりなどしない。

問題は試験官であった。

「よりによって雷鳴のファングって……」

Bランク冒険者にして、その実力はAランクの上位級。昇格しないのではなく、できないのだ。

ファングは過去にAランク級の魔物を討伐し、実力も確かであるものの、性格が最悪で口や素行も非常に悪く、冒険者たちから苦情が相次いで、実績と相殺になっている。

さらに彼女が試験官を務めた年の合格者はゼロが当たり前であった。

カーミラが愚痴をこぼす。

「何で冒険者ギルドもこんな人を使ってるんだろ……ヒロさん、合格できないじゃん……」

カーミラが酷く落ち込んでしまう。

「仕方ないいんじゃない？　試験官の仕事は金の羽振りがよくて、上限がBランク以内の冒険者だと決まってるでしょ？　Ａランク相当の実力のあるファングが出るといったから、他の冒険者は辞退したのよ」

「えぇ〜⁉　それって卑怯じゃない⁉　実質、Ａランク冒険者との対戦じゃない！」

「ルールはルール。守ってるのだから、文句も言えないわ」

うぐ……とカーミラが口を噤んだ。

「ヒロさん、怪我しないといいんだけど……」

＊

その日の昼間、ウィンドとレヴァー・ウルフが庭で眠っているのを尻目に、僕は作業をしていた。

【神眼】、ステータス表示。

名前：秋元ヒロ
レベル：１４５　種族：半神
体力　４２１／４２１　知能　60／60　魔力　３２５０／３２５０

素早さ81／81　幸運　10／10　器用さ　140／140
【スキル】
・神眼　・神の絶対防御・健康　・異世界召喚
・剣聖　・聖女　・賢者
【魔法】
・防御魔法　・破滅砲（使用可）・転移魔法　・認識阻害　・吸収魔法　・洗濯魔法
・錬金魔法　・探知魔法　・飛行魔法　・変身魔法　・炎魔法　・氷魔法　……etc.

僕はステータスから視線を背けた。
気付かないうちに体力と魔力が爆上がりしてる……。
それに、知らないスキルが三つも増えてるし……ヤバい。
おそらく、この三つのスキルはキョウイチたちのものだろう。間違いない。
コピーとはいえ他人のものを奪ってしまったようで、罪悪感がある……。
「一応、確認しておくか……」
スキルの詳細を知らなければ、取り扱い方も分からない。
そう思い、僕は詳細を開く。

剣聖レベル1
経験値カウンター　100／1000
スキル【剣聖】：己が剣を手にしている間、自動で経験値を取得しレベルが上がる。

あれ、レベルは1だ。

キョウイチの実力は確認済みだし、剣の訓練もかなりしていると言っていた。これはおそらく、レベルまではコピーできなかったのだろう。

ふむ……考えてもみれば、レベル制のスキルは初めてだ。

【神眼】や【神の絶対防御・健康】はレベルが存在しない。

ここが僕と彼らとの大きな違い……？　だったのだろうか。

剣は短剣でもいいらしく、訓練の時などたまにしか持たないため経験値も溜まっていない。

さて、次は聖女と賢者かな。

聖女はいわば、自身の足が着いた場所は穢れを祓い浄化する能力を持つとのことだった。あとは聖なる魔法系《サクリファイス》が使えるなら……らしい。

よかった。剣聖みたいに、訓練してたらかなり強くなる系ではなさそうだ。所持者はハルカ、さんだっけ。

キョウイチとハルカのことはよく覚えているが、最後の一人、エミのことは印象としては薄かった。

彼女は落ち着いてて、かなり物静かなタイプなのだと思う。地味と思うかもしれないが、ああ見えて二人の間に入って、妥協案を言ったりしてた。

そんな彼女の賢者のスキル。

正直、キョウイチのスキルよりは弱いのではないか……と思っていたが、一番これに驚くことになった。

「えーっと、賢者は……え⁉」

賢者レベル36
経験値カウンター　２０４３／１２０００
スキル【賢者】：蓄積された知識によって経験値が増える。
魔力補正＋、魔法発動時に威力10％ＵＰ

急激な魔力上昇の原因はこれか……。

僕は【神眼】で知識を完全記憶できてしまう。こっちの世界に来てから得た知識はすべて蓄積されている。

その影響もあって、賢者のレベルが急上昇したのだろう。

見るだけで何でもコピーして、使えるようになってしまうのは凄いことだ。

僕の力じゃないから自惚れることないけどさ。

色々とステータスを眺めていると、ある表記を見つけてしまう。

【破滅砲（最大威力可能）】

前は可能だけだったが、最大威力……？

ふと、最初の頃に見た破滅砲を思い出す。堕魔龍と戦っていた魔物が使っていた魔法だ。

地形を変えてしまうほどの魔法……。

でも、この表記を見ると威力を調整できるみたいだ。

「……空に向けてなら、問題ないかな」

使えておいて損はないよね。

例えば僕はシエルさんと戦えば、確実に負けてしまう。シエルさんも『僕より強い奴？　ハハハ、そりゃいっぱいいるさ』と笑って言っていた。

ここはそういう世界なのだ。堕魔龍くらい強い魔物がいるとも早々思えないけど……念には念だ。

魔力消費を【神眼】で操作し指定して、威力を極限まで抑える。

探知魔法で周囲を確認し、安全確認をした。

「魔力充填……」

体内に魔力を流す。足元に魔法陣が展開された。

【神眼】による魔法制御……やはり楽だな。

空に手を掲げて想像する。

あの時見た、ビームのような……イメージ。

魔力を溜めて、解放する。

「うがて、破滅砲」

僕が放った一撃は、もはや人間の出せる魔法ではなかった。

耳を覆いたくなるような爆音が響き、衝撃波が遅れて伝わってくる。視線の先にある雲にぽっかりと大きな穴が開いて、大気圏まで貫いていた。

威力は最小限にまで抑えたはずだ。……賢者スキルの影響かな。

元より強力な魔法だ。人に向けて放つことはできない……。

「……やっぱ封印しとこ」

人間と敵対している存在といえば、魔王や魔族らしいけど、そう簡単に会うとも思えないし。

＊

あれから少し経って、冒険者ギルドに指定されたのは、エイヴリー領土の北門にある広い平地だった。近くには鍛錬場も備わっていて、会場には数十人の冒険者が集まっている。

最初の試験は、体力試験のようだ。

みんな柔軟などをして、準備をしている。

受付を担当している男性がやってきて、僕に名前を聞いて試験用紙を渡してくれた。

「君が最年少のヒロくんか」

「はい」

「初めての昇格試験で分からないことも多いだろう。困ったら聞きなさい」

「ありがとうございます」

微笑んでお礼を言う。

他の冒険者たちから、「あの若さで昇格試験受けるのか……凄いな」とか「子どもじゃん」と言った声が耳に届いた。

「最初は持久力を測るための試験だ。その後、魔力測定や模擬戦を行う。準備はいいか」

ソロの冒険者というのはかなり珍しいようで、大抵はパーティーを組んでいる人たちが多かった。

僕と同じ駆け出しの人もいて、「一緒にゴールしようね」と語り合っている。なんかボッチなの凄い寂しくなってきたんだけど。

ゴールは北門の反対、南門だ。ここから約十キロのところにある。

「開始‼」

その声が響き、走り出そうとして気付く。

あっ、靴紐が解けてる。

ビュンッ‼　と風をきるような音が続いていく。

身体強化の魔法は初めて見た。

しゃがんで靴紐を結び直していると、声をかけられた。

「おい、大丈夫か」

「あぁはい。すぐ走り出します」

まぁ競走じゃないし、そんなに焦ることはないよね。

そう思っていると、予想外な言葉が届く。

「持久力の確認とはいえ、流石に最下位の冒険者はそこで落ちるぞ」

「えっ……」

それは聞いてない……。

「い、急いで行きます！　あっ、魔法は使ってもいいんですよね？」

「被害を出さないのなら構わないぞ。身体強化などは許可している」

「ありがとうございます！」

大丈夫。問題ない。

身体強化の魔法なら、今覚えた。

「今年の冒険者たちは取得難易度が高い身体強化は使える。他の受験者も必死で走っているからな。子どもの君じゃ流石に……」

――【身体強化】発動。

足に力を込める。

「すぐに追いつきます！」

体内に魔力が循環していく。魔力を込めた分だけ、身体強化は強くなる。

僕は足を蹴って、大きく飛び出した。

「うおっ!?　速！　……な、何だあの速度……」

僕自身も知らなかったのだが、スキル【賢者】の魔法発動時に威力10％UPは、身体強化にも適応されているようだ。

ほぼ初速なしで最高速度が出せた。

通行人や、同じ受験者を追い越していく。

「横通ります！」

砂埃が舞う。

「……え？　今何か通った……？　お前、何か見えたか？」

「い、いや全く……」

気が付くと、前方に人影が見えなくなっていた。【神眼】から記憶を引っ張り出すと、全員追い抜いた気がする……え、速くない？

ウィンドが僕の服を必死に掴んで、「うわぁぁぁ～！」と吹き飛ばされないようにしていたから、流石に速度を落とした。

「ヒロ様……走る時は、一言言ってください……」

「ごめん……」

グロッキーになってしまい、ウィンドは倒れている。少し休んで、抱っこして連れていった。

あとはランニング感覚で走ればいいかな。

そうして、僕は一位で到着することができた。記録係の人が速いと驚いていた。

「次は魔力測定か」

測定方法は、魔力水晶に手を当てて、光れば光るほど魔力があると判定される。もちろん一番光らせた。無事通過だ。

最後の試験は模擬戦だった。

会場は鍛錬場で、大柄な女性が佇《たたず》んでいた。

「よお、今年の試験官のファングだ」

その名を聞いて、他の受験者たちから騒めきの声が漏れた。

「私、ちょっと辞退しようかな……今年無理じゃん……」

「でも、あと一年もDランクは嫌だよ」

僕はファングさんの評判を知らない。あまり好かれてはいないと思うけど……怖がるほどだろうか。

「おい、最初は誰からだ？」

ファングさんの言葉に、担当者が手元の記録を見る。

「えーっと……成績順にヒロくんからだ」

名前を呼ばれ、視線が集まる。

「はぁ？　子どもじゃねえか」

「だが、成績は一位だ」

「このチビが……？　信じられない」

訝しげな視線を向けられる。

周りの人たちからも「やめた方がいいよ……」と止められる。
心配してくれるのは有難いが、大丈夫だ。
ファングが気だるそうに手を振った。
「あー、じゃあさっさとやるぞ。どうせすぐ終わる」
不穏な空気が流れる。それを感じ取れないほど、僕は鈍感ではない。
ファングさんをみんな怖がっているんだ。
当然だ。明らかにAランク以上の実力がある。
それに武器は真剣を使う。緊張しない人間がいるだろうか。
僕も少し緊張している。でも、気持ちを切り替える。
これは殺し合いじゃない。試験だ。ファングさんは僕の実力を見ようとしている。
ただ、それだけなんだ――。

＊

ファングが時計を持つ。そうして気だるそうに説明した。

「試合時間は三分。剣を奪うか、相手が倒れるまで。降参は自動で落第とする……他に質問はあるか？」

ヒロが手を挙げる。

「はい！」

「何だ」

「部分点とかはありますか！」

「ねえよ、ガキかてめえ。あっ、ガキか」

ファングが自分の言葉で笑う。

「まぁ、三分耐えるか、私に勝つかの二択だ。ま、耐えるのは不可能だな」

他の受験者たちから声が漏れる。

「絶対無理じゃん……」

「できるわけないだろ」

ファングが横目に睨む。

（……今年も変わらねえな、退屈だ。まぁ、その分楽だからいいんだけどよ）

ファングが真剣を手に取る。

（子どもでも手加減はしねえ……どうせすぐ終わるだろうがな）

審判が手を下ろした。

「始め‼」

ヒロが地面を蹴る。

ヒロがシエルから教えてもらったのは、単に剣術だけではない。

相手へ詰め、読み合い、分析……対人戦をメインで訓練されていた。

ファングが数歩下がる。

その動きを見て、ヒロが短剣を振るう。

「風よ」

土煙が舞った。

距離を縮め、砂埃で視界を塞ぐ。

ファングの足が止まる。

（何だこいつ……やけに対人戦に慣れてやがる……）

このまま待っていても、いつ襲われるか分からない。だが飛び出せばそこを狙われるかもしれない。

その二択をファングは迫られていた。

「……へぇ、面白れぇ。【身体強化】」

ここで初めて、ファングは警戒心を高めた。

感覚を研ぎ澄ませ、ファングが剣を全力で振り下ろす。

土煙が霧散する。

「はっ！　これで振り出しに……あん？　どこいった？」

「やあっ！」

ヒロの声が響いた。

「――ッ‼　上か！　馬鹿が！」

（お前は私より弱い！　真正面から勝てるわけねえだろ！）

ファングが全力で剣を振り下ろす。

ヒロの短剣と衝突した。

キィインッ……！　と甲高い音が響く。

誰かが叫んだ。

「短剣が折れた！」

誰の目から見ても、勝敗は明らかであった。

ヒロの敗北である。

ただし、ファングだけは……違和感があった。

（何だ。斬った感覚が、ねえ）

ファングの足元から声がした。

「――幻影魔法」

「な――ッ‼」

「【陽炎】」

（まさかこいつ……！　さっきのは分身か！）

砂埃を起こし、その中に幻影魔法を混ぜる。頭上に意識を集中させ、足元から攻める。

ヒロがシエルから教わったことは、相手を騙すこと。シエルは、ヒロが得意な器用で奇抜なアイデアを戦闘で活かす方法を教えていた。

「取った！」

ヒロが短剣を突く。

「……っ！」

短剣が寸でのところで止まる。

ヒロが小さな声で問いかけた。

「勝ち、ですよね」

「……っ！　はぁ、そうだ。お前の勝ちだ」

ファングが両手を上げて、負けを認めた。

（シエルさんから対人戦を教えてもらってよかった……僕でも通用する）

ヒロは【神眼】で戦術や技術は身につけていた。あとは脳が処理できるかどうかの問題だ。

短い時間の中、傍観していた人々はその戦いの濃厚さを理解する。

「これ、本当にDランクの試験かよ……」

「本当に勝っちゃった……」

他の受験者たちが、ヒロの元へ駆け寄る。

「凄いじゃん！」

「えっ？」

「まさか子どもなのに勝てるなんてなぁ！」

バンバンと背中を叩かれ、ヒロが苦笑いを浮かべる。

「たぶん、かなり卑怯な戦い方だったので、怒られても文句言えません」

ファングがそれを否定する。

「そんなことねえよ、勝ちは勝ちだ」

意外、とヒロが眼を丸くする。

「で、次は誰だ？」

ファングの視線が鋭くなる。それによって、先ほどまでの活気が消える。

あの試合を見せられたあとに、自分たちが勝てるビジョンなど湧くはずもなかった。

＊

それから冒険ギルドで、誰かが叫んだ。

「今年の合格者が出たんですか⁉　ファングさんが試験官なのに⁉」

何かの冗談か、と冒険者ギルドでは騒ぎになっていた。

低ランク帯の試験であっても、昇格はそう簡単にできるものではない。

掲示板にはしっかりと、ヒロの名前が刻まれている。

【合格者一名、ヒロ。Dランク↓Cランクへの昇格を正式に認める】

これがただの昇格であれば、流されてしまうだろう。

問題は試験官がファングであったこと。事実上、ヒロはAランク冒険者に勝ったのだ。

「凄い……ヒロさん、本当に合格してる……」

それは受付嬢のカーミラですら、驚きを隠せなかった。

ヒロがエイヴリー領土に現れてから、約一年が経っていた。

たった一年で毒甘種の毒抜きに成功し、肉食魔物を運用した作物の栽培。さらには昇格試験に合格して見せた。

「ヒロさん。やっぱり、みんなが言う通り天才だ……しかも可愛い」

神童と噂され、その名は徐々に王都まで広がりつつあった。

＊

王城の一室で、国王は眉を顰めていた。

「どういうことじゃ……勇者一行が姿を消したじゃと？」

「はい。数時間後には帰ってきましたが……どこかへ行っていたようです」

「ふむ……彷徨精霊を無事に討伐したから大目には見るが……エイヴリー領土の密偵はどうなっておる」

「どうやら領土内では、ヒロと呼ばれる者が注目を集めているようです」

「何者じゃ」

ヒロがエイヴリー領土で行った偉業を話す。

「時折、街に現れているようです。最近だと、昇格試験に合格したとか」

「まだまだ子どもではないか。全く信じられぬが……」

国王は無精髭を撫でて頷いた。

「しばらく監視しておくのじゃ。何もなければそれでよい」

「はっ」

キョウイチたちが王都に帰ってきてから、様子が変わっていた。

エイヴリー領土で勇者たちの間で何かが起こった。

それは間違いない、と国王は思っていた。

「ヒロ……か」

五章　見たい世界

その日、僕がじゃがいもを収穫していると、アリアが顔を覗かせた。

「実が大きいのねぇ～」

「大きいだけで味としてはよくないかな、これ」

「えっ、何で？」

本来、じゃがいもは育てる場所を選ばないけど、育てる場所で味が変わることは有名だ。

「いいじゃがいもを作るのなら、山辺や高所で育てるのが一番いいんだ。標高が高ければ高いほど、栄養素は増すからね」

「へぇ～……初めて知った」

土の肥糧や寒さだったり、酸素とか色々関係しているのだが……詳しい話は重要ではない。

【神眼】で土の状態を確認しつつ、匂いを嗅ぐ。

栄養不足ではない。発育も悪くはない。

うーん、聖域で育てたものには届かないな。土の影響だけじゃなくて、空気中の魔力の問題か。

やっぱり、あそこは凄いところだ。何を育てても大きくて美味しい。しかも、体の病気を治すパワーも持っている。

さて……どうしようか。

僕が悩む素振りを見せていると、アリアが軽く笑った。

「うん？　アリア、どうかした？」

「いいや、ヒロってば変わらないなって。昇格したのに、相変わらず畑作業とか、洗濯とか……のんびりしてるわよね。自慢も一切してないし」

「運がよかっただけで、自慢するほどのことじゃないよ」

あれから僕はCランクに昇格した。周りの人たちから持て囃されたが、あまり慣れないから照れてしまった。

「でも、せっかくCランクになったんだし、ダンジョンクエストを受けましょうよ」

「ダンジョンクエストかぁ……僕一人で行くのはちょっと怖いんだよね」

Cランクから受注が可能になるダンジョンは、いわば洞窟や深い地下空間のことだ。自然に作られたものもあれば、魔族や魔物たちが作ったものもある。僕は……言いづらいのだが、暗いところが苦手だ。

「私も行くわ。それなら絶対安全でしょ？」

「いいの……？　王都に行く用事があったんじゃ」

「あとでもいいの。今はヒロといたいし」

アリアは王都へ用事があるらしく、しばらくエイヴリー領土を離れると言っていた。

覇道関係の用事らしい。

「正直、行きたくないのよね。覇道の魔法使いの集会って……面倒な人たちばっかりだし」

「アハハ……」

この世界において、魔法を極めた人たちの集まりだ。どんな人たちがいるのか想像もつかないが、癖が強そうなイメージはある。

「今日はベリアさんのお手伝いがあるから、それが終わったあとだね」

「そうね」

たまに僕たちはベリアさんの仕事を手伝っている。もちろん時間が空いた時限定だけど。

エイヴリー領土にある魔法病院へやってきていた。

中世ヨーロッパ風の石造りの建物に、庭付きだ。

定期的にベリアさんは病院の布団や洗濯物をデリバリーサービスとして行っている。

洗濯携帯器具を持っていき、洗濯して干す。

僕も同じ魔法が使えるのなら、行った方が力になれると思って申し出た。いつもお世話になってるし。

洗った洗濯物を広い庭に干していく。

天気がいいから、すぐ乾くかな。

「ヒロちゃん、本当にありがとうね」

ベリアさんのお店で働く他の従業員さんたちからも感謝を述べられるが、気にしないでください、と何度か言う。

後ろからボスッ、と衝撃が伝わる。

「うん？」

肩越しに後ろを振り返ると、小さな少女が僕にぶつかっていた。

さらに続々と、病院から小さな子どもたちが走ってくる。

「あら、ヒロちゃんはさっそく好かれたのかい」

「好かれたというか、いきなりぶつかってきたというか……」

僕に衝突した女の子が、おでこを押さえる。シスターのような人のところへそのまま向かい、半泣きになる。

「石みたいなのにぶつかった。痛かった……」

い、石……たぶんスキルのせいかな。

絶対防御が発動したんだろう。

「あなたがぶつかったんでしょう？　ちゃんと謝りましたか？」

「ううん」

「じゃあ、謝りなさい」

そう諭されて、少女が僕に謝る。

呆然とその光景を眺めていると、ベリアさんが教えてくれた。

「この病院は受け取り手のいない子どもを引き取ってるのさ」

「孤児を……？」

「そうさ。大きくなったら病院で働けるからね」

なるほど……孤児院ではなく、病院で。

慈善活動には莫大なお金が必要だ。

無償で行えるほど、世の中は甘くない。

「……孤児、か」

僕の裾を誰かが引っ張る。

「お兄ちゃん、遊ぼ～」

遊んであげたいのも山々だが、まだ洗濯魔法を使って仕事をしなければならない。

うーん……と悩んでいると、ピョコとウィンドが顔を出した。

「ヒロ様、私にお任せください！」

「いいの？　ウィンド」

「はい！　困っているヒロ様を助けるのも、私の役目です！」

なら、その言葉に甘えようかな。

白いウサギのままだと神聖な生き物と驚かれてしまうので……ほいっ。

指を回す。

【幻影魔法】：薄灰色
ウィンドの毛を薄い灰色に変える。これならば騒がれないはずだ。

自信満々な様子で、ウィンドが僕の頭に登った。

「さぁ！　私と遊ぶのです！」

「う、ウサギ……！」

「可愛い……！」

あっという間にウィンドは子どもたちの渦に連れていかれ、「うわぁぁぁっ～」と叫んでいた。

すまないウィンド……君の犠牲は無駄にしない。

さて、僕も仕事に集中しないと。

それからベリアさんから頼まれた仕事を一通り済ませて、一息つく。

天気がいいから、すぐに布団も乾くはずだ。

ウィンドにはあとでちゃんとご褒美をあげなきゃ。

しばらく僕とアリアで仕事をした。やはり天気がいいからすぐ乾いた。布団を畳み終えると、
アリアが尻餅をつく。

「ふへ〜、疲れた〜」

「お疲れ様」

タオルを渡すと、アリアは僅かに頬を赤くしながら「あ、ありがとう……」と呟いた。

隣に座ろうとするも、なぜかジリジリと距離を取られてしまう。

どうしたんだろ。

「汗かいてるから、あまり近寄らないで」

「あっごめん」

本で読んだのだが、獣人は人間よりも汗が多く出る。本人もそれを気にしているようだ。

距離を取ろうとすると、裾を掴まれる。

「離れすぎるのも嫌……かも」

頭の中にいくつも疑問が浮かぶ。

ど、どうすれば正解なんだ……シエルさんにまた相談するべきだろうか。

ベリアさんたちが、ニヤニヤとその光景を眺めていた。

「はっはっは！　美男美女は似合うねぇ」

僕が美男であるとは思えないが、アリアは美人だと思う。

前までフードを被って顔を隠していたから、あまり知られていなかった。だけど、最近だとアリアが赤毛の美人であると噂されている。

確かに、元の世界にいたらトップクラスの美貌だ……女優にいてもおかしくない。

「そういえば、ヒロちゃんたちはこのあとダンジョンに行くんだろう？」

「はい。Ｃランクの【花の楽園】ってところに行きます」

エイヴリー領土近くにあるダンジョンで、魔物はあまりいない。色んな薬草があることから、初心者が行くには絶好の場所だ。

「あそこか。なら、ちょうどいいかもねぇ」

「ちょうどいいって？」

「秘密さね。気をつけて行くんだよ」

僕は首を傾げる。

何のことだろう。

それから、せっかくならとテレサも誘うことになった。

ベリアさんの仕事を手伝って、夜に準備をする。

翌日の早朝から、野営の道具や必要なものを背負った。

かなりの量があったのだが、レヴァー・ウルフが背負ってくれたことでだいぶ楽だった。

赤色が抜けているようで、毛並みも少しだが白色になっている。

エイヴリー領土の北門から、僕たちは出発する。レヴァー・ウルフは認識阻害の魔法をかけているから、他人からは見えない。

Cランクダンジョン【花の楽園】に、僕、アリア、テレサ……それにウィンドやレヴァー・ウルフも同行した。

「空間魔法とかあれば便利なのになぁ……」

「王都になら使える人はいるらしいわ」

「えっ、本当？」

「ええ。覇道の魔法使いだから、面識あるのよ」

「ちょ、ちょっと会いたいかも……」

【神眼】でコピーすることができれば、今後の旅でだいぶ楽になるかもしれない。

「……疲れた。ウルフ、背中乗せて」

「ガウ」

だらけた様子で、テレサがレヴァー・ウルフの背中に乗った。

レヴァー・ウルフも特に嫌がっていないので、構わないでおく。

アリアが驚いた。

「テレサってレヴァー・ウルフが怖くないのね」

「エルフの中だと、精霊は善悪問わず神様の使い。詳しい文献はないし、生態も不明なものばかり。ヒロが凄いだけ」

そういって、テレサは僕に視線を向ける。

ふむ。僕は特別なことをしているつもりはない。

興味本位なのだろうが、テレサが問いかけてくる。

「精霊って、どんな生き物なの」

「……精霊はとても謙虚な生き物だよ」

ウィンドがそうであるように、彼ら精霊は神様を信仰している。自分たちはその下で生きていると分かっているんだ。

「それで助けたの？」

「ううん。えーっとね、例えば、水の精霊が怒るのは人間が水を汚染してしまうから。木の精霊が怒るのは、人間が森を失くしてしまうから……」

原因があって精霊は怒る。理不尽な理由で怒ることは決してない。

精霊は大抵、のんびりと生活している。それは聖域で見てきたから知っている。

今の聖域では畑を耕しているが、少し前までは白いウサギやヤギが寝転がってズピーと昼寝していたんだ。

「レヴァー・ウルフはまだ悪いことしてないし、それで悪い精霊は可哀想だなって」

「バウ！」

「ほらね？」

僕が微笑むと、アリアとテレサは眉を顰めた。

「ヒロ、もしかして喋れない精霊の言葉も分かるの？」

「何となくだけど」

レヴァー・ウルフの言っていることも、直接脳内に入ってきて理解ができる。おそらく、【神眼】のお陰だろう。

【神眼】が勝手に翻訳しているのだと思う。

アリアとテレサが顔を見合わせる。

「そんな人がいるなんて、初めて聞いたわ……」

「私も。過去の英雄でも、そんな人は誰もいない……」

＊

依頼内容は、【花の楽園】に咲いている極楽花の採取だ。高価なポーションになるものとして重宝されており、観賞用としても価値の高いものがある。

【花の楽園】と呼ばれているのは、ダンジョン内部に無数の花が咲いているためだ。入口は洞窟で、中には聖域と似たような結界が張られていた。

「花が光ってる。あっ、これかな」

「ここは光が入ってこないの。だから、花が光って光源の代わりを担ってるのよ」

「へぇ……面白いね」

ダンジョン内部には魔物もいるけど、どれも小型で危険ではない。

陽が落ちかけている時間。周辺の気温も下がり始めて、ダンジョン内部で吐いた息が白い。

そろそろ出た方がいいかも……。

エイヴリー領土から日帰りは不可能なため、もちろん野営することになる。

ここのダンジョンは一層だけとなっているため、出入りも楽だ。

意外にも、野営の準備はテレサが最も手慣れていた。

「野営の準備をするから、ヒロは水を汲んできて」

「分かった」

元々野宿をしていたようで、経験の豊富さが手先から見て取れた。

「料理はヒロに任せた」

「任せて」

持参した玉ねぎをフライパンで炒め、道中で狩った魔物の肉を投下する。余ったものは干し肉として保存し、あとでお金にする。

水を入れてスパイスやお手製のルーを混ぜると、色が変わった。

匂いも香ばしくなり、ウィンドが鼻を鳴らした。

「ニンジンの匂いがします」

「ニンジンを多めに入れてるからね」

ウィンドが小さな両手を伸ばして喜んだ。

他の野菜も混ざっているから、ウィンドたち用と分けてある。

味を確かめると、ほどよい辛みのあるカレーが出来上がっていた。

テレサが呟く。

「美味しそう」

一口味見したが、我ながら悪くない味だ。

野営とはいっても、キャンプとはあまり変わらなかった。

単純に、アリアの魔力を感じて周りに魔物が近寄らないからかもしれないが。

「「「いただきます」」」

僕たちが両手を合わせて、カレーを食べる。

「……ヒロの料理は、美味しい」

「熱っ……本当に料理上手よね～。出会った頃は、私の方が上手だったのに、今じゃもう王都でお店開いてもいいレベルだし！」

「ありがとう」

やはり褒められるのは嬉しい。最初は照れていたが、慣れてくると素直に受け入れられるようになった。

「気になったことがある」

「うん？　どうかしたの、テレサ」

「最近、ヒロとアリアの距離が近い。付き合ってるの？」

アリアが咳込む。

「ごふっ！　は、はぁ⁉　何言ってんの⁉」

「……ヒロは違うの？」

正直なところ、最近はなぜかアリアと一緒にいると緊張してしまう。外を歩いていても、赤毛の人を見かけるたびに『アリアかな……』と思うようになっていた。

何でかなぁ、と悩んでも答えは出ない。【神眼】でその理由を探ってみたが、よく分からなかった。だから、あまり考えないようにしていた。

「ぼ、僕……食べ終わったし片付けするね！」

そそくさと、その場を離れる。

「……逃げた」

全くもう、恥ずかしいじゃないか。

テレサも唐突に何を言うかと思えば、あんなことを聞いてくるとは。

月明かりに照らされながら、僕は使った道具を洗っていく。

……うん？

何かが目の前を通り抜け、顔を上げると蛍のような虫がいた。

魔蛍と呼ばれているもので、元の世界の蛍よりも寿命がかなり長い。

「……っ！　アリア！　テレサ！」

名前を叫ぶと、焦った様子の二人が飛び出した。

「どうしたの⁉　え、これ……」

ベリアさんが言っていた『ちょうどいい』とは、おそらくこのことだろう。

僕たちの目前に広がる一面の花と湖。暗闇の中で輝いている花に、心を奪われていた。

そっか。ここは【花の楽園】の近くだ。その地脈から流れてくる魔力で育った花は、夜になると輝く。

さらに魔蛍の輝きも合わさると、幻想的だ。

僕の幻影魔法でも、この美しさは出せない……。

「……凄い」

自然と漏れた声に、自分でも驚いた。

これは、この世界だからこそ存在する光景だ。

ベリアさんも教えてくれてもよかったのに……。でも、事前に知ってたら、ここまで驚かなかったかも。

みんなで来てよかった。

そう、僕は心の奥底から思った。

＊

あれから、依頼を達成してエイヴリー領土に帰ってきた。

数日も経つと、僕はあることを決意した。

エイヴリー領土の西門。

「ヒロ、本当に行くの？」

「うん。エイヴリー領土はとてもいい場所だし、アリアともいい関係が築けたけど……まだこの世界を見て回ってないし」

「でも……」

「大丈夫。ここも転移場所に指定したからいつでも帰って来れるよ。畑の研究もまだまだだしさ、たまに戻ってくるよ」

そう微笑むと、アリアが苦笑いを浮かべた。

「【花の楽園】で見た光景で、この世界のこと何も知らないなって思ったんだ」

ゆっくりと時間を過ごして、スローライフを送るのも気持ちがよかった。みんなと遊んだり、料理を作ったり……野菜を育ててみるのも、楽しかった。

でも、やりたいことができた。

「僕は、この世界が見たい」

明確な目標だ。

アリアと一緒に聖域から外へ出て、この世界を初めて知った。僕のような人間でも快く受け入れてくれた。

嬉しかった。

アリアも一緒に行けたら嬉しいが、エイヴリー領土から離れるわけにもいかないだろう。

我儘を言って困らせるのも嫌だ。

いつまでもここにいて、アリアたちに迷惑をかけない自信はない。キョウイチたちの件もあるし。

「よいしょっと」

リュックを背負う。名残り惜しいがアリアに小さく手を振った。

今度は自分の意思で、やりたいことを選んだ。急だと言われればそうかもしれないが、思い立ったら動くべきなんだ。

時間は無限じゃない。

「どこに行くかは決めてるの？」

「うん、西側にある水の都アルブラに行くよ。水神様とか、他の神様にも会ってみたいんだ」

仕事で誰かに命令されることや、顔色を窺って生きていても、それはまるで他人の人生だ。

この世界にやってきて、自分の人生をやり直すと決めたのなら、選ばなくちゃ。

この世界を見て回るために――――。

＊

急なことだった。

ヒロは元から、たまに何を考えているか分からないけど……外の世界を見て回りたいと言い出したのは驚いた。

いつかこんな日が来るのではないか、と思っていたが、心の準備がもっと欲しかったなぁ。

ヒロからもらった指輪を触る。

思い返してみれば、私はヒロへ恩返しができていない。

聖域から助けられ、この指輪をもらったお陰で、猫耳を隠さずに済むようになった。返しても返しきれない恩がある。

ヒロ本人に欲しいものを聞いても、『お礼なんていいよ』と謙虚さ全開の返しをされてしまう。

それがヒロらしいといえばヒロらしいし、私の好きな点でもある。

「初恋は実らないって、恋愛小説か何かで言ってたっけ……」

ヒロがエイヴリー領土から離れると言った時、テレサは相変わらず『私のご飯、もうなくなる？』とかそっちを心配していたし、シエルさんに関しては王都への帰還命令が出ていたから、どちらにせよ別れが来ていた。

お父様やベリアおばさんも、みんな納得した。

本人が決めたことなのだ、と。

私だけが取り残された。

行ってほしくない、と。

……また会えるとヒロは言っていたけど、私は嫌だ。

たまになんて、認めない。

私も行く……そう言葉にできれば、楽なのに。

できないのは、私の地位や権力があるからだ。それを捨てて逃げ出すような真似はしたくない。ヒロの横に立ちたいのに、恥ずかしい真似はできないんだ。

そのために、私のできることをしよう。彼に尊敬されるような人物に、自慢してもらえるような人に……なりたい。

地位と権力……ヒロを守るための術をもっと身につけなくちゃ。

「ヒロ～！　ありがとう！」

声が届くように叫ぶと、ヒロが振り返った。

「こちらこそ！　アリア！」

あぁ、やっぱり……ダメだ。

言わないように、意識しないようにしていたが……私は——彼が好きなのだ。

「ばいば〜、あだっ！」

前を向いて歩いていないから、ヒロが転んだ。

かなり心配したが、笑顔でまた手を振ってくれる。

ふふっ……やっぱり、可愛い。

「言えばよかったかなぁ……好きって」

よし、決めた。ヒロが自分で人生を選び取るようになったのなら、私もそうしよう。

「今度会ったら、好きって言いましょ」

ヒロはどんな反応、してくれるのかな。

終

あとがき

初めに、購入してくださった読者の皆様、このたび本作に関わってお世話をして下さった方々へ御礼を申し上げます。

デビューでもお世話になったグラストノベルス様にて、これまた初めての書き下ろしも書かせて頂けて、もう足を向けて眠れません。

さて、昼行燈という作者をご存じの方もいれば、今作で初めましての方もいらっしゃると思います。

では、どんな人間か。私は幼少期に、両親から「クリスマスのプレゼントは何が欲しいか」と問われたことがあります。それはきっと、(あぁ、これは欲しいものが貰えるんだ)と思って、当時に流行っていました星のカービィのゲームが欲しいと言いました。

童心ながらワクワクと、クリスマス当日に贈られたプレゼントを開封すると、そこには『ウォーリーを探せ』がありました。

私が探していたのは星のカービィで、ウォーリーではありません。

ぬーん、とした気持ちで、ウォーリーを探していた記憶があります。

そんなこともあり、私は期待させてから裏切るという残酷さを聖夜クリスマスで学んだのです。

今作では、期待させたからにはそれに応えたいと思って書いておりました。少しでも、一人でも多くの人に楽しいと思って貰えたのでしたら、嬉しいです。

ヒロやアリア、テレサなどといったかわいいキャラクターたちを愛して下されば、それが一番の幸福です。

それとまだまだ語られていない世界観や設定、それに彼らの物語がまだ続きますようにと願っています。

再びになりますが、読者の皆様と、作品に携わってくださった編集の方々に深く御礼を申し上げます。

【神眼】の二巻、もしくは他のところでも皆さんとまた会えることを楽しみにしております。

昼行燈《ひるあんどん》

辺境の聖域に転生した【神眼】使い、
二度目の人生はもふもふの森で暮らします
～神様から授かったのは最強すぎる鑑定眼でした～

2023年8月25日　初版第1刷発行

著　者　昼行燈

発行人　菊地修一

発行所　スターツ出版株式会社

〒104-0031　東京都中央区京橋1-3-1　八重洲口大栄ビル7F

☎出版マーケティンググループ　03-6202-0386
（ご注文等に関するお問い合わせ）

https://starts-pub.jp/

印刷所　大日本印刷株式会社

ISBN　978-4-8137-9260-4　C0093　Printed in Japan

［昼行燈先生へのファンレター宛先］
〒104-0031　東京都中央区京橋1-3-1　八重洲口大栄ビル7F
スターツ出版（株）　書籍編集部気付　昼行燈先生

話題作続々！異世界ファンタジーレーベル

グラストNOVELS

著・フクフク　　イラスト・中林ずん

定価:1320円（本体1200円+税10%）　ISBN 978-4-8137-9132-4